水夏
～SUIKA～
サーカス　原作
雑賀匡　著
七尾奈留・いくたたかのん　原画
PARADIGM NOVELS 130

登場人物

稲《いな》葉《ば》宏《ひろし》

普段は施設で暮らしており、夏の間だけ田舎の常磐村に来る。実家には帰らず、旅館「なると」に滞在中。

名無しの少女

自分の名前を忘れており周りから「お嬢」と呼ばれる。人の言葉を理解するぬいぐるみを抱えている。

七条《ななじょう》華《はな》子《こ》

宏の異母姉弟で姉にあたる、しっかり者の女性。野球観戦が好きで、万年最下位チームの坂神ファン。

稲《いな》葉《ば》ちとせ

宏の妹。心臓に障害があり、自室で寝ていることが多い。みんなに迷惑をかけまいと、いつも笑っている。

女将《おかみ》さん

常盤村にある民宿「なると」を切り盛りしている女将。宏が連れてきた名無しの少女をかわいがる。

第四章　魂を運ぶ者

第五章　愛すること

目次

プロローグ

七夕に相応《ふさわ》しい夜空だった。

わたしは神社の境内から空を見上げ、都会では見れなくなった無数の星々を見つめた。

天の川を挟んで見つめ合うふたりの一年に一度の逢瀬《おうせ》。

どうやら今年は果たせたようだ。

しかし……人の逢《あ》い引《び》きをネタにするのもなんだけど、せっかくの七夕なのだから祭りでもすればいいのに。

わたしは人気のない境内を見まわしながら、ふとそんなことを思った。

同時に、自分がどうしてここにいるのだろうという疑問が浮かび上がってくる。こんな場所にはなんの用もないはずだ。

……寝ぼける癖はないつもりなんだけどな。

そろそろ、TVの野球中継だって始まっている時間だ。わたしは胸にぶら下げた懐中時計で時間を確認すると、この場から立ち去ろうと歩き始めた。

と——。

その時、視界の隅に、わずかな風に揺れる短冊を見つけた。

「…………？」

今まで、この神社で七夕の短冊を見た憶《おぼ》えはない。

だいたい短冊というのは笹《ささ》に飾るものなのに、それは普通の木の枝にぶら下げられてい

プロローグ

る。周りに笹などないから、仕方なく……なのだろうが。

闇《やみ》の中ではどす黒く見えるが、近付いてみると、赤い色をした短冊だった。

他《ほか》には一枚の短冊もない。それはそうだろう。この神社に、そんな風習などなかったはずなのだ。

悪いとは思ったが好奇心に勝てず、わたしは一枚だけの短冊を手にすると、星明かりを頼りにそこに書かれている文面を見た。

——忘れ物、見つかりますように。

いやに単純な願い事だ。

わたしだったら、なにを願うだろうか……。

宇宙の果てを見てみたい、とか。戦国時代に行って、一旗あげてみたい……とか。

それとも……あるいは……。

ぼんやりとそんなことを考えていると、何故《なぜ》か、さっきまでは黒ずんで見えていたはずの短冊が、夕陽を浴びているかのように鮮やかに浮かび上がっている。

「……あれ？」

わたしは辺りを見まわして、その光源を見つけた。胸から下げていた懐中時計が、暗闇の中でぼうっと光を放っているのだ。

なに……これ……？

数年前、何故かボロボロになって帰って来た弟がくれた懐中時計だ。気に入って今まで
ずっと使い続けてきたが、こんなことは初めてだった。
誰かが悪戯《いたずら》して蛍光塗料でも塗ったのか？
いや、そんなものではない。この輝きは……。
「……っ!?」
突然──。
辺りが白光に包まれた。
あまりにも強い光に、なにも見えなくなる。さっきまで聞こえていたはずの虫の鳴き声
も消え、指先ひとつ動かすこともできなくなった。
まるで硬い針金を、身体中の内部に張り巡らされてしまったかのようだ。
口を開いても、わずかに細い息が漏れただけで声すら出ない。
「…………………」
けれど、不思議と恐怖を感じなかった。
この白い光が、温かさに満ちているせいだろうか……。
……ん？
声……声が聞こえてくる。
言葉ではない声が……。

プロローグ

「ん……？」

虫の鳴き声に混じった涼やかな音色が、稲葉宏《いなばひろし》を立ち止まらせた。

せっかくの七夕の夜だ。ここでしか見ることのできない星空でも眺めようと、滞在している旅館から出て、夜の散歩をしている途中のことである。

昼間の熱気が嘘《うそ》のように消え去り、立ち止まると、わずかに髪をなびかせる風があった。

リリン――。

その音は、背後から徐々に近付いてくる。

風鈴のような音を響かせながら、辺りの闇を切り裂くように……。

リリン――。

確認しようと宏が振り返った瞬間、スッと視界の下方をなにかが駆け抜けて行く。

「あ……」

リリン。

すぐ横を通り過ぎていったなにかを追い掛けるようにして、再度、宏は振り返った。

その視界に入ったのは、黒いマントを羽織った少女――。

被《かぶ》っている黒い帽子からは、辺りに燐光《りんこう》を振りまくかのような銀髪がこぼれ、星明かりを受けて鮮やかな光を放っている。

涼やかな音の源は、少女の被っている帽子についたふたつの鈴のようだ。

「あ、おい……」

宏は思わず声を掛けてしまったが、少女の足は止まらない。

その姿は、あっという間に闇に紛れ……やがて、なにも見えなくなった。

……幻でも見たのだろうか？

そう思ってしまうほど、現実味のない一瞬だった。

だが、決して目の錯覚でも夢でもない。虫の鳴き声に混じって、少女の走り去った方からは、まだあの鈴の音が微《かす》かに聞こえてくる。

リリン。

リリン。

宏には、その音が紙芝居のおじさんが打ち鳴らす鐘の音のように思えた。

物語の開幕を告げる音……。

リリン――。

第一章　名無しの少女

まるで、夏の日差しには重さがあるかのようだ。

身体にのし掛かってくるような陽光に、気を抜くと地面にへばりついてしまいそうになる。じりじりと焼かれる肌は、熱いというより痛い。

けれど、宏は好きだった。

こういった雰囲気が——つまりは、夏が。

音や光が他《ほか》の季節よりも強烈に感じられ、自然の匂《にお》いがそこかしこからやってくる。

一年ぶりの夏——。


「どうですか、一年ぶりの故郷は？」

部屋に昼食を運んで来た旅館「なると」の女将《おかみ》さんが、そう言って宏に尋ねた。

「変わりはないみたいですね」

宏が、この村——常磐村《ときわむら》に戻って一週間近くが経《た》っている。その間に村のあちこちを歩いてまわったが、慌ただしい都会と違って、ここでは時間の流れまでが緩やかなようだ。

子供の頃《ころ》に見た風景が、そのまま残されている。

「稲葉さんが毎年この部屋に泊まるようになって、今年で六年目になりますね」

茶碗《ちゃわん》に急須《きゅうす》からお茶を注ぎながら、女将さんは感慨深げに言った。

「もう……六回目になりますか」

宏は相槌《あいづち》を打ちながら、ぐるりと室内を見まわした。

女将さんのはからいで毎年同じ部屋に泊まっているせいだろうか、この部屋にいると自宅にいるような安心感がある。名ばかりの実家とは大違いだ。

「今年は、どれくらい滞在されるんですか？」

「いや、特にいつまでとは決めていないんですが……」

女将さんの質問に、宏はそう答えて、一旦《いったん》言葉を切った。

「親父《おやじ》が危ないらしいんで……」

「……そうみたいですね」

どうやら女将さんも事情を知っているようだ。

まあ、狭い村なのだから、それも当然かもしれない。稲葉家はこの村では大地主……いわゆる素封家で通っているので、注目もされやすいのだろう。

その当主が、宏の父親なのであった。

「きっと、快復されますよ」

「……そうですね」

女将さんの慰めの言葉に、宏は曖昧《あいまい》な返事をした。

容態が思わしくない……らしいのだが、宏は村に戻って来たというのに、未《いま》だに自分の父親の顔を見ていない。宏の意志ではなく、親戚《しんせき》たちが会わせようとしないのだ。

使用人の子など、稲葉家の者と認めていないというのだろうか？

まったく、心の狭い親戚連中だ。

門前払いを食らわせないだけましなのかもしれないが、おかげで宏は自分の父親が生きているのか死んでいるのかすらも分からなかった。葬式がないうちは、まだこの世にいるのだろう……と、推測する程度のことしかできない。

けれど……。

（おれは親父に会うことを、本気で望んでいるのだろうか？）

いくら親戚が妨害しようと、その気になれば万難を排してでも父親に会うことはできるはずだ。実家への出入りは認められているのだから、その気になれば方法はある。

だが、宏はそこまでして父親の顔を見たいとは考えもしなかった。

（もし……このまま親父が死んだとしたら？）

それは辛《つら》いことだろうか？

悲しいことだろうか？

幼い頃から、ほとんど会うことのなかった父親が死を迎えようとしてる。

今年の夏は——去年と、少し違っていた。

第一章　名無しの少女

その日の夜。

柔らかい月の光を浴びながら、宏は毎日の日課にしている散歩に出た。

いつだったか、同じ施設にいる友達から笑われたことがある。散歩などという趣味は、若い者には似つかわしくない、と。

けれど、宏にとっては楽しいのだから仕方がない。

笑いたければ笑え、という心境だ。

あまりＴＶを観る習慣がない宏にとって、夜などは特にやることがなかった。だから、気の向くまま、足の向くままに、子供時代の毎日を過ごした故郷の村を歩いてまわる。

そうして、今夜たどり着いたのは村外れにある常磐神社であった。

周りを樹々に囲まれているせいなのか、ここでは虫の鳴き声がいくつも重なり一つの曲を奏でているように感じられる。月明かりがライト。この境内がステージだとすると、宏はさながらできの悪い指揮者というところだろうか。

虫たちの鳴き声に耳を澄ませていると、その隙間《すきま》を縫って涼しげな音。

リリン――。

……いつの間にか、宏のすぐ側《そば》に少女がいた。

「ねえ……人だよ？」

「そうですな。少なくともバナナには見えませせぬな」

「はあ……お腹空《なかす》いたよぉ」

「せっかくだから、こやつを喰《く》らいますか？」

「いい……食べられそうにないもん」

手にしている猫のぬいぐるみ（？）を相手に、ブツブツとひとりでそんなことを呟《つぶや》きながら、ジッと赤い瞳《ひとみ》で宏を見つめてくる。

黒いマントと黒い帽子。

その帽子の下から覗《のぞ》く銀髪は、さらさらと風にそよいでいた。

（あの時の少女だ）

宏は、瞬時に七夕の日の夜のことを思い出した。

「あ、あの……君は……」

「えっ!?　わわっ!!」

宏が声を掛けると、少女は何故《なぜ》か驚いたように声を上げて後退《あとずさ》りをし、そのままドスンと尻もちをついた。

まるで目の前にあった彫像が、急に動き出したかのようなリアクションである。

「えっと……大丈夫？　ほら」

宏が手を差し伸べても、少女は目を丸くしたままだ。

自分に向かって伸ばされた手と、宏の顔を交互に見比べている。

「おれって、そんなに珍しい顔をしてるか？」

「…………っ！」

宏の言葉に、少女はギクリと身体を硬直させた。

「見えるの？」

「悪いけど、丸見えだ」

尻もちをついた体勢のままなので、スカートの奥から下着が覗いている。

「えっ⁉　あっ、わわっ！」

少女は宏の指摘に、慌てて両手をばたつかせて起き上がろうとする。待っていても埒《らち》があかないように思えたので、宏は自分から少女の手を取って引き起こしてやった。

その拍子に、
リン――。

と、帽子についた鈴が軽く音を立てた。

「あ……ありがとう」

「どういたしまして」

「で、でも……ここはボクが先客なんだからね」

「先客？　なんの？」

「割と涼しいし、意外に寝心地がいいんだからっ。そりゃ変な虫は出るけど、ネズミはいないし……」

「だから、なんの話だ？」

「だから、軒下……」

そう言いながら、少女はチラリと社の方を横目で見た。

（軒下……？）

身体は丈夫な方だと自認していた宏は、生まれて初めて目眩《めまい》を感じた。

どこをどう勘違いすれば、宏が自分のねぐらを奪いに来たと思えるのだろう。いや……

問題はそれだけじゃなくて……。

「あのな……おれは、決してこの軒下に寝に来たわけじゃないんだ」

「……ほんとに？」

少女は疑いの眼差《まなざ》しを宏に向けた。

「それに……腹も減っているって？」

「ううっ！　せっかく忘れてたのに、思い出しちゃったよ……。どこかに焼きたての焼きもろこしが落ちてないかなぁ」

苦しそうにお腹を押さえる少女を見つめながら、宏は小さく溜《た》め息《いき》をついた。どんな事情があるのか知らないが、このまま放っておくこともできないだろう。

「自分で言うのもなんだが……おれは悪人じゃない」

「うん。分かるよ」

少女は宏を見て、にこーっと笑った。

「だから、まぁ……ついて来なさい」

そう言って宏が歩き始めると、少女は素直に後ろからついてきているらしい。

背後から、
リリン――。

と、鈴の音が追い掛けて来た。


「おかーり！」

「はいはい」

少女が突き出す茶碗を受け取ると、女将さんは嬉《うれ》しそうにおひつからご飯をよそった。

「しかし、よく食べるな……」

宏は呆《あき》れながら少女を見た。

これで何杯目になるのか分からないほどだ。

「いつもこんなに食べるのか？」

「ううん。いつもはこんなに食べないよ」

宏の質問に答える間も惜しいというように、少女はすぐにまたご飯を口に運ぶ。小さな口に不釣り合いなほどの量だから、頬《ほお》がまるでリスのようだ。

「いったい、どれぐらい食事を抜いていたんだ？」

「えっとねぇ……」

箸《はし》を置くと、少女は指を折って数え始める。それが片手で足りなくなったのを見て、宏は訊《き》くのが恐ろしくなってしまった。

「い、いや……答えなくていい」

「そうなの？　じゃあ……おかーり！」

「ごめんなさいね、残り物ばかりで」

女将さんは再びご飯をよそいながらそう言ったが、少女はまるで意に介する様子もない。

「ううん。美味《おい》しいよ」

「じゃあ……好き嫌いはよくないんじゃないか？」

宏は少女の膳《ぜん》を指さした。

空になった皿と、手付かずの皿がキッチリと分けられている。

「お肉とか……嫌い」

菜食主義なのだろうか、よく見ると肉や魚などの動物性のものが避けられている。

とはいえ、かつお節がのっていた冷《ひ》や奴《やっこ》などは平らげているので、主義などではなく、単に好き嫌いのようだ。

「ふう……ごちそうさま」

そろそろおひつが空になろうかという頃、少女はようやく満足したらしく、箸を置いて、そのままゴロリと横になった。

「おそまつさまでした」

「美味しかったよ」

少女は、にこーっとした笑顔を女将さんに向けた。

「さて……じゃあ、そろそろ訊かせてもらおうか」

宏や女将さんは自己紹介を済ませていたが、少女は食べるのに忙しくて、その素性はおろか名前さえも明かしていないのだ。

「え、なにを話すの？」

「まずは名前からだ」

「う、うーんとね。ちょ、ちょっと待って」

少女は起き上がって部屋の隅へと歩いて行く。そこにあるのは、少女がずっと持っていたぬいぐるみである。少女はそのぬいぐるみの耳元で何事か囁《ささや》いた後、くるりと宏たちの方へと向き直った。

「お待たせしました。ボクの名前は山田花子《やまだはなこ》だよ」

「……………………」

少女はにこにこと微笑《ほほえ》んでいるが、宏は思わず女将さんと顔を見合わせた。

「それ……本当の名前か？」

「えっ⁉　ち、違うかな？　ちょっと待って……」

少女は再びぬいぐるみの耳元でごにょごにょと呟くと、すぐに顔を上げた。

「お待たせしました。ボクの名前は綾小路紗耶香《あやのこうじさやか》だよ」

「……なんで、エキセントリックなまでに名前が変更されているんだ？」

「はうっ！　そ、そうかな……？」

「もしかして……名前を忘れてしまったの？」

宏たちのやりとりを聞いていた女将さんが優しく問い掛けると、少女はしばらく困ったような表情を浮かべていたが、やがて小さく頷《うなず》いた。

「それって、記憶喪失ってやつか？」

「……そうなのかな？」

少女は曖昧に答えた。なんだか、本人にも事情が分からないかのようである。

「稲葉さん、この娘《こ》は野宿をしていたんでしょう？」

「え、ええ……そうみたいです」

女将さんの質問に、宏は大きく頷いた。

必死になわばりを主張するくらいだから、あのまま放っておいたら、この少女は間違いなく社の軒下で夜を明かしたのだろう。

「自分の名前も分からない子が、外でひとりっきり……」

女将さんは、あごに手を添えて深刻そうに呟いた後、分かりました……と、宣言するように少女に言った。

「今夜からあなたの寝起きする場所は、神社じゃなくて、この旅館『なると』です」

「ち、ちょっと……いいんですか、女将さん」

宏は慌てて女将さんの耳元で囁いた。

「この子、たぶん文無しですよ」

どんな理由があるのか知らないが、金があるなら空腹のまま野宿などしないだろう。

「分かっています。この子の分は、わたしが出します」

「しかし……」

「稲葉さん。困っている人を助けられるから、お金には価値があるんですよ」

女将さんはそう言って優しく微笑んだ。

目の前で自分の処遇が決定されたことが理解できていないかのように、少女は不思議そうな顔をして、宏と女将さんを交互に見つめていた。

翌日も、午前中から強烈な日差しが照りつけていた。

夏という季節は好きだが、やはりこれだけ暑いと閉口してしまう。

旅館「なると」を出ると、すぐに海の見える坂道がある。その近道をゆっくりと歩きながら、宏は実家を目指していたのだが……。

「なぁ」

宏は背後からついてくる少女に呼びかけた。

「なに？」

「服の袖《そで》を掴《つか》まれてると、歩きにくいんだけど……」

「じゃあ、お尻のポケットならいいかな？」

「……よくない。というか、なんで掴むんだ？」

「だって……はぐれたりしたら嫌だから」

「……はぐれないよ、こんな道で」

入り組んだ街中とは違って、前後に遮る物などなにもないのだ。よほどの天変地異が起こらない限り、離れればなれになってしまうことはないだろう。

（だいたい、なんでついてくるんだ？）

女将さんの厚意で「なると」に滞在することになった名無しの少女は、結局、宏と同じ部屋で寝泊まりすることになった。別に邪魔というわけでもないし、実家に連れて行くのも別に構わない。少女を拾ったのは宏自身なのだし……。

だが、どうも妙な部分の多い少女だ。

文無しで野宿していたこと自体が妙だし、髪や瞳の色などの外見が示すように、異国の少女なのだろうかとも思うのだが、その割には日本語が達者であった。

そして、一番不思議なのは……。

「でも、あつーい」

「心頭滅却すれば火もまた涼し、ですぞ。お嬢」

「アルキメデスはいいいよ。めいぐるみだもん」

「我が輩の精神力が偉大なのです」

「うそ！　じゃあ、今度アルコールランプで燃やしちゃうから。それでも涼しい？」

「可愛《かわい》い顔して鬼畜ですな、お嬢も……」

（……やっぱり、これだよな）

昨夜から気になっていたのだが、この少女は持っているぬいぐるみとゴニョゴニョ会話している（ように見える）ことだ。

どう考えても腹話術としか思えないが、それにしては見事なものである。

「ねえ、やっぱりあなたも暑いよね？」

「えっ⁉　あ、ああ……暑いんだけどさ。その……」

不意に話を振られて、宏は戸惑いながら振り返った。その拍子に、しつこくシャツを掴んでいた少女の手が離れる。

「えっと……名前がないと呼びにくいんだけど、なにか思い出せないか？」

「でも、ボク……」

「便宜的にでもいいからさ」

「じゃあ、お嬢って呼んでよ」

少女は即断してそう言うと、にこーっと笑みを浮かべた。

「ああ、分かった。腹話術でぬいぐるみが使っている呼び名だな」

宏が頷くと、少女——お嬢は少し困ったような表情を浮かべて、手にしているぬいぐるみを見つめた。

「お嬢。そろそろ、真実を明かしてもいいのでは？　この男、そう悪人でもない様子」

「それは分かってるけど……笑われちゃうんじゃないかな？」

お嬢は再びぬいぐるみと会話を始める。

（なにをブツブツ言っているんだろう？）

宏が訝《いぶか》しんだ時、少女はグッと目の前にぬいぐるみを突きつけてきた。

「……？」

「ほら、ご挨拶《あいさつ》して、アルキメデス」

「エヘン！　我が輩は猫である！　無機物ではあるが、名はアルキメデスだ！」

「…………………」

パチパチパチパチ……と、宏はとりあえず拍手を送った。本当に上手いものだ。声なんか完全に変わっているし、もしかしたらプロ級ではないだろうか。

だが……。

「あのね、これは腹話術じゃなくて、アルキメデスがほんとに喋《しゃべ》っているの」

「……なんでやねん!?」

宏はお嬢の脳天にチョップを入れた。

「いた～い！　なんでぶつの？」

「いや……ツッコミを期待しているのかと思って」

「してないよ～！　だからボクが喋ってるんじゃないもん。信じてくれないの？」

「その、なんというか……」

いきなり、ぬいぐるみが話している……と言われても、信じる信じない以前に戸惑ってしまう。けれど、お嬢の表情は真剣そのものだ。

「じゃあ……はい。口を押さえて」

「………………」

宏は言われるままに、顔を突き出してくるお嬢の口を手で塞《ふさ》いだ。

「ご不浄に行ったら、ちゃんと手は洗っておるのだろうな？」

「……え？」

ぬいぐるみ——アルキメデスがいきなり喋り出したので、宏は驚いてしまった。手で塞いでいるお嬢の口は、ピクリとも動かなかったからだ。

いくらプロ級の腕前だとしても、まったく口を動かさないなど不可能だろう。

「清潔にしておるのか？　お嬢に妙な病気をうつしたら、我が輩が承知せんぞ」

「……分かった。おれの知らないカラクリが隠してあるんだな？」

宏はお嬢の手からアルキメデスを取り上げると、ひっくり返して身体中を探ってみた。

「お、おわっ！　狼藉《ろうぜき》を働くつもりかっ!?」

「なにするの？」

「……バラしていい？」

「わ、わあっ！　やめてよう!!」

お嬢は、慌てて宏の手からアルキメデスを奪い返した。

触った感じでは、どこにもそれらしいスイッチなどない。それに、どんなカラクリがあったとしても、状況に即した返答をするのは不可能だろう。

といって、何者かが宏たちを遠くから見張っていて、遠隔地から送信しているとも思えない。いったい、誰がそんな手の込んだ悪戯《いたずら》をしなければならないのだ？

「……リアル、なのか？」

「うん、リアルリアル」

宏の言葉に、お嬢はコクコクと何度も頷き返す。

「現実感なき現代において、現実を得られることのなんと尊いことか。もうちょっと喜んだらどうだ？　遠慮はいらんぞ」

と、アルキメデス。

「……………………」

なんでぬいぐるみに説教されなければならないのだろう……と、思いながらも、宏はとりあえずアルキメデスについて考えることをやめた。

はっきりとした結論など出そうになかったからだ。

（……あるがままに受け止めよう）

適応力をギリギリの限界まで使いながら、宏は再び実家へ向けて歩き始めた。

「ふふ……秘密を共有できるって、嬉しいよねぇ」

お嬢は仏頂面の宏を追うようにして歩きながら、安堵感《あんどかん》の漂う笑みを浮かべていた。

「ふわ～……おっきいねぇ」

巨人でも通れそうなほどのでかい門をくぐると、小学校の校庭ほどもある日本風の庭園が広がる。その庭園の石畳の上を宏の腕にへばりつくように歩きながら、お嬢は物珍しそうにきょろきょろと辺りを見まわした。

「ここはなんなのだ？　不法侵入か？」

例のアルキメデスが当たり前のように質問してくる。

(なんだか調子が狂うなあ……)

「……ここが、おれの実家なんだよ」

宏はあえてお嬢の顔を見ながら答えると、豪奢《ごうしゃ》な門や庭園に相応《ふさわ》しいといえる豪邸へと足を踏み入れた。この広大な屋敷のどこかに父親がいるのだろうが、相変わらず会えない日々が続いている。

曰《いわ》く、今は体調がすぐれないから。

曰く、人と喋ると疲労するから。

……等々。どれももっともらしい理由だが、要するに親戚たちは宏と父親が話をすることを嫌っているのだ。

どちらにしても、宏は別に無理強いするつもりはない。

宏が実家を訪れる目的は別にあるのだから。

「お兄ちゃん！」

屋敷の南側にある部屋のドアを開けた途端、ベッドで半身を起こしている少女——稲葉ちとせが、宏に気付いて大きく手を振った。

宏が同じように手を上げながら部屋の中に入ると、

「……あれ？」

ちとせの視線は、宏を通り抜けて部屋の入り口に向けられた。そこには戸惑った表情を浮かべて部屋の中を窺《うかが》うお嬢がいる。

「……どなた？」

ちとせは、笑顔のまま首を傾《かし》げて宏の方を見た。

「え……ああ、どうしたお嬢？　入って来いよ」

「入っていいの？」

「ここまでついてきて、今さら遠慮する必要もないだろう」

宏が承知すると、お嬢はピョンと敷居を飛び越えて部屋の中に入って来た。

「お兄ちゃんのお友達？」

「まあ……そうかな。年はだいぶ離れているようだけど」

そう言いながら、宏はお嬢の年齢を訊いていないことを思い出した。見た目から判断すると、ちとせと同じぐらいだろうか？

第一章　名無しの少女

（……だとしたら、ちょうどいいかもしれないな）

ちとせは病気のせいで学校はおろか外に出ることもできず、友達と呼べる同年代の知り合いはほとんどいない。割と人見知りしないタイプなので、お嬢がその候補になってくれるなら願ってもないことだ。

そんな宏の思いを知ってか知らずか、お嬢はとてとてとベッドに近寄ると、ちとせに向けて、にこーっと笑みを浮かべてみせた。

「こんにちは」

「こんにちは。……うわーっ、可愛いぬいぐるみ」

ちとせはお嬢の持っているアルキメデスを見て、感嘆の声を上げた。

「……可愛い？」

一瞬、空耳かと思った。どこをどう見れば、こんな愛くるしさの欠如している火星の猫のような物体を、可愛いと表現できるのだろうか？

そんな宏の困惑を余所《よそ》に、

「あ、自己紹介がまだだったね。初めまして。わたしは稲葉ちとせです」

ちとせはそう言ってお嬢に笑いかけた。

「あ……」

お嬢は表情を曇らせて口ごもった。名前がない以上、応《こた》えようがないのだろう。宏に助けを求めるように、チラチラと視線を向けてくる。

「あのな……ちとせ。実はこの娘は、自分の名前を忘れちゃってるんだ」

仕方なく宏が事情を説明すると、ちとせはきょとんとした顔でお嬢を見た。

「ええ？　ほんとに？」

「う、うん……」

お嬢は居心地が悪そうに、ちとせから視線を逸《そ》らした。

「名前がないと……不安じゃない？」

「うん……不安だよ。すごく、不安なの……」

……そうかもしれない。

名前があるというのは、それだけである種の安心感を持たせることができる。

だから、世の中に存在する物には……それこそ道端の雑草に至るまで、すべて名前がつけられるのだ。逆に言えば名前がないというのは、この世に存在していないのと同じことなのである。

「大丈夫」

ちとせはベッドから身を乗り出すと、悲しそうな顔をしているお嬢の手を握りしめる。

「自分の名前なんだもん。きっと思い出すよ」

「う、うん……」

最初は戸惑い気味だったお嬢の表情も、絶対に大丈夫……というちとせの言葉に、徐々に明るさを取り戻していった。


「チーちゃんってさ……」

「チーちゃん？　ちとせのことか？」

実家から戻る途中、お嬢にそう質問されて、宏は思わず足を止めた。

いつの間にか、愛称で呼び合うようになっていたらしい。そういえば帰る間際には、ちとせがお嬢のことを「お嬢ちゃん」なんて妙な呼び方をして、宏は思わず笑ってしまったのだった。

ふたりは宏が期待していた以上に仲良くなっているようである。

「その……ちとせがどうかしたのか？」

「どっか身体を悪くしてるの？」

「……ん、まあな」

隠しても仕方がないので、宏は正直に答えた。

「生まれた時から心臓に障害を持っているんだ。今日も早々に帰ることにしたのも、そのためなんだ」

お嬢とあやとりを楽しんでいたちとせは、宏が帰ると言うと不満げな顔をしたが、また明日もくるという約束に、渋々引き下がったのだ。

「……命に関《かか》わる病気なの？」

ぽつりと呟くお嬢の言葉に、宏はギクリと身体を硬直させた。

「は、ははは……どうしてそう思うんだよ？」

「なんとなく……だよ」

宏の乾いた笑いに、お嬢は視線を逸らしながら言いわけのように言った。

「確かに……厄介な病気ではあるけど、でも……死ぬほどのものじゃないさ」

宏はお嬢の懸念を否定するように言ったが、自分でもその言葉がどれほどの真実味を持っているのかは疑問であった。医者ではない宏には、具体的にちとせの病状を把握することはできないのだ。

ただ、宏自身が、そう信じていたいだけなのかもしれない。

「じゃあ……女将さんも病気？」

「……女将さん？」

急に話題の主が変わったことに戸惑いを感じると同時に、宏はお嬢の質問の意味を計りかねて反問する。

「どうして、女将さんが病気だと思うんだ？」

「ただ……なんとなくだよ」

お嬢はさっきと同じ答えを繰り返した。

「おれが知る限りでは、病気なんかしてないと思うけどな。何年も前から知ってるけど、寝込んだようなことはなかったはずだし」

「そう……」

「……お嬢？」

素っ気なく頷いたお嬢に視線を向けると、なんだかゆらゆらと身体が左右に揺れているような気がした。宏が細い肩に手を掛けるとお嬢は顔を上げたが、その額には大粒の汗が浮かんでいる。いくら暑いとはいえ、尋常な量ではない。

「……気分でも悪いのか？」

「う、うん……」

曖昧な返事をした途端、お嬢はその場でパタリと倒れた。

「お、お嬢⁉」

慌てて駆け寄ると、宏は急いでその小さな身体を抱え起こす。お嬢は意識を失ったように目を閉じたまま、荒い呼吸を繰り返している。

「うわああ、稲葉っ！　早く、早くどうにかしろっ！　お嬢が、お嬢が倒れた！」

「分かってるよっ」

叫び声を上げるアルキメデスを尻のポケットに突っ込むと、宏はお嬢の身体を抱え上げた。ここから「なると」までは、かなり距離がある。どこか休むことのできる適当な場所がないかと辺りを見まわした宏は、近くに神社があることを思い出した。

「よし、とりあえず……」

宏はお嬢を抱えたまま神社へと駆け出す。

尻のポケットの中で、アルキメデスが急げ、急げ……と繰り返していたが、さほどの距離があるわけでもない。

数分もしないうちに神社にたどり着くと、近くにあった井戸の水でハンカチを濡《ぬ》らし、宏はそれでお嬢の額を拭《ぬぐ》ってやった。

涼しい境内に寝かせたこともあって、少しはましになったのだろう。お嬢はそれほど苦しんでいる様子もなく、呼吸も元に戻りつつある。

まるで穏やかに昼寝をしているかのようだ。

「やっぱり日射病かなぁ？」

夏だというのに、お嬢は黒い帽子に黒いマントまで着込んでいるのだ。こんな格好をしていれば、暑さに倒れても仕方がない。

「おい、稲葉。早くここから出してくれ。お嬢の顔が見たい」

「ああ……そうだったな」

宏は思い出したように、尻のポケットからアルキメデスを取り出した。お嬢の介抱に忙しく、その存在をすっかり忘れてしまっていた。

「お嬢……」

「どうやら、そのまま昼寝に移行したようだな」

ふたり(?)は、ホッと息をついた。倒れた原因はよく分からないが、どうやら大事になる心配はなさそうだ。

「……こんなこと、よくあるのか?」

「なにがだ?」

宏の質問に対して、アルキメデスは素っ気ない。

「だから、暑い中を歩いていて倒れるとか……」

「それを知ってどうする?」

「どうするって……」

「外野がいくら騒いだところで、どうにもならんことがある。いや……そうでもないか。おぬしの場合はむしろ……」

「んん……」

アルキメデスの言葉は、お嬢の声に中断された。見ると、いつの間にか意識を取り戻したお嬢が、虚《うつ》ろな目で辺りを見まわしている。

「ここ……？」

「神社だ。いきなりぶっ倒れたんで、連れて来たんだ」

「そう……」

お嬢は身体を起こそうとしたが、宏はそっと押しとどめるように額に触れた。

「もうちょっと休んでいた方がいい」

「う、うん……」

お嬢は大人しく宏の言葉に従い、再び身体を横たえた。

「日射病か？　まあ……これだけ黒い服を着てればな」

「色なんて関係あるの？」

「白とかに比べて、黒い色は日差しに強く熱せられるんだよ」

「ふうん……」

「夏なんだから、もう少し涼しげな格好をしたらどうだ？」

「ボクはこの格好でいいの」

お嬢は断言するように言った。

まあ、お気に入りの格好など人それぞれだから、無理強いはできない。

「ん……もう、ほんとに大丈夫だよ」

お嬢はスッと起き上がった。汗は完全に引いているし、顔色も元通りだ。

「じゃ、行くか……無理はするなよ」

「うん。ありがとうね」

お嬢は宏ににこーっと笑顔を向けた。


もう大丈夫という本人の言葉通り、その後のお嬢は、倒れたことがまるで嘘《うそ》のように元気であった。夕食も小さな身体のどこに入るのか不思議なくらいに食べたし、宏が出掛けると言ったら嬉々《きき》としてついて来た。

「でも、どこへ向かっているの？」

村にある唯一の商店街を歩いていると、お嬢がそう尋ねてきた。

「別にどこにも」

「……？」

「散歩だよ、好きなんだ」

「なにやらジジむさい趣味だな」

アルキメデスがぼそりと呟く。

自覚はしているつもりだが、アルキメデスに言われるのは面白くない。

「さて、お嬢」

宏は話題を変えようと、お嬢に話しかけた。

「どうにかして、記憶を取り戻そうか」

「え……どうして？」

「ちとせに言っていただろ、不安だって」

「それは……そうだけど」

お嬢は何故か浮かない表情を浮かべる。

「でも、どうやって記憶を取り戻すの？」

「そうだな……」

叩《たた》いてみる、という手もあるが、それは最終手段にした方がよさそうだ。とりあえず、宏は色々と質問してみて、それをキッカケにするという方法を取ることにした。

「まず、出身はどこだ？」

「分からない」

「ちょっとは考えてくれ。即答じゃないか」

「だって、分からないんだもん」

その拗《す》ねたような口調で、お嬢があまり乗り気でないことが分かる。しかし、いつまでも記憶を失ったままというわけにもいかないだろう。これはお嬢のためなんだ、と自分に言い聞かせながら、宏が次の質問をしようとすると、

「ねえねえ、ボクの方から質問していい？」

と、お嬢が訊いてきた。

「ボクとあなたって、どこかで会ったことなかった？」

「会ったこと？　ああ……あれか？」

宏は七夕の日に、お嬢とすれ違ったことを思い出したが……。

「そうじゃなくて……」

お嬢の言っているのはそれ以前のことのようだ。

だが、そうなると宏の記憶にはない。これほど目立つ容姿をしているのだから、会っていれば必ず記憶に残っているはずであった。

「憶《おぼ》えていないなぁ」

宏が記憶を掘り起こす作業をしていると、

「ぬわあっ!!」

と、不意にどこからか叫び声が聞こえてきた。

辺りを見まわすと、どうやらその声は、商店街にある食堂「ボンバイエ」の中から聞こえて来たようだ。おまけに、その声には聞き覚えがある。

「あーっ！　ぶちむかつくっ!!」

ぶち……とは、すごくという意味だ。宏が知る限り、この村でそんな言葉を使う人物はひとりしかいなかった。

「おばさん、ごちそー様」

ピシャッ！と、食堂の扉が開く音がして、中から宏の想像通りの人物が姿を現した。

「ああん⁉」

「また坂神が負けたのか？」

宏が声を掛けると、その人物は不機嫌そうな表情で振り返った。

「久しぶりだな、華子《はなこ》」

ぽかっ！

返事の代わりにげんこつが飛んできた。

「いだっ！　な、なんでぶつんだっ⁉」

「名前は正確に言わないとね」

「あ〜あ〜、そうそう、カコだったな」

「久しぶりね、宏」

宏が慌てて言い直すと、その人物――華子はショートカットの髪を掻《か》き上げ、少しずれてしまった眼鏡のフレーム位置を指で直しながら、初めて笑顔を見せた。

「また坂神が負けたな？　相手は距人か」

「うっ、うぐっ……」

宏が憶測を口にすると、大の坂神ファンである華子は途端に表情を歪《ゆが》める。それだけで、試合の結果は訊かずとも分かった。

「あーっ、もう、ぶち腹立つ‼　九回の裏で三点差もあったんだよ⁉　それを満塁ホームランで一気に逆転！　もー、ほんとにっ‼」

「まあまあ、万年最下位の球団だ。大目に見てやってくれ」

「お前ね……ん？」

ギロリと宏を睨《にら》んだ華子は、ようやくその背後にいたお嬢に気付いて首を傾げた。お嬢の方も状況が分からず、不安げな顔をして華子と宏を交互に見つめている。

「お前……いくらもてないからって、まさか誘拐を……」

華子は眉根《まゆね》を寄せて宏を見た。

「ば、馬鹿《ばか》なこと言うなっ！　誰が誘拐なんか……」

「冗談だよ。で、この子は誰なの？　まさか親父の隠し子？」

「……笑えない冗談はよしてくれ」

宏は思わず顔をしかめた。ただでさえ複雑な家庭環境なのに、これ以上ややこしくなるのはゴメンだった。

「この前、神社で出会ったんだよ。今は一緒の部屋に泊まってるんだ」

「一緒のって……あの『なると』に？」

華子は不意に真面目《まじめ》な表情をすると、宏の背後に隠れたままのお嬢に近寄り、視線を合わせるようにしゃがみ込んだ。

「大丈夫？　こいつに変なコトされてない？」

「妙な心配をするなっ!!」

「そうそう、自己紹介がまだだったわね」

宏のツッコミを無視して、華子はお嬢に優しげな笑みを向けた。

「わたしは七条華子《ななじょうかこ》。こいつの姉なの。よろしくね」

ほんとはハナコだけどな……と、宏は心の中でつけ加えた。華子は自分の名前の音が気に入らないらしく、初対面の相手には必ずカコと名乗るのだ。

「あ、う、うん……よろしく」

ずっと人見知りしない性格だと思っていたのだが、今回に限って、お嬢は何故か宏の前に出ようとはしなかった。

「姉……？　でも七条って……」

お嬢は戸惑うように宏を見上げた。

「異母姉弟なんだ」

面倒だが説明しないわけにはいかないだろう……と、宏は溜め息をついた。

宏とちとせは同腹の兄妹だが、華子の母親は別にいる。もっとも便宜上で稲葉姓を名乗ってはいるが、宏たちも正妻の子ではなく、母親は元々使用人であった。華子の母親は愛人である。

すでに正妻はなく、宏たちの他に子供がいないことが事態をややこしくさせているのだ。

宏が父親に会うことを、親戚たちが快く思わないのはこういった事情からである。

「で、あなたのお名前は？」

宏が一通りの説明を終えると、華子はそう言ってお嬢に笑顔を向けた。

だが、お嬢は無言のままだ。

「あの……実はな、この子、自分の名前を忘れちゃってるんだ」

「え？」

今度は華子に対してお嬢の説明をしなければならなかった。

「……というわけだ」

「ふうん……なんだか突飛な話ね」

話を聞き終えると、華子は複雑な表情を浮かべた。それほど疑っている様子はなかったが、そう頻繁に起こりうることではないので、半信半疑といったところだろうか。

「嘘は言ってないぞ」

「分かったわよ」

女性にしては割と長身な身体をしゃがませると、華子はお嬢の手を取った。

「わたしのことは『カコ』って呼んでいいから。これから仲良くしましょう」

「う、うん……」

お嬢は、華子の言葉にぎこちなく頷いた。

「それじゃ、わたしはこれで」

「あんまり飲み過ぎるなよ。弱いんだから」

坂神が負けた日の華子は、いつも酔っぱらいだ。宏が注意すると「分かってる」と言う
言葉を残して、ひらひらと手を振りながら夜の闇《やみ》に紛れていった。

「ふう……やかましいけど、悪い奴《やつ》じゃないからさ」

「う、うん。それは分かってるけど……」

お嬢は宏のシャツをギュッと握った。

「あの人……苦手だよ」

「まあ、インパクトの強い奴だからなぁ」

「そんなんじゃなくて……もっと、別のなにか……」

「なに？」

「……分からない」

お嬢は自分でも理由の知れない感情を追い払うかのように、ふるふると首を振って、不
可解そうな表情を浮かべた。

第二章　悪夢

（これで、いったい何度目だろう）
宏は夢を見ていた。
夢の中で、これが夢であると自覚するようになったのはいつからだろう。
悪夢……そう、これは悪夢に違いない。
何故《なぜ》、こんな夢を見るのだろう？
何故、こんな夢を見続けなければならないのだろう？
これが夢だと既に気付いているというのに……。
どうして、目が覚めない？
どうして、夢が終わらない？
朝はいつ訪れるのだ？
どこへ行けば、現実に返ることができるのだろう？
道標《みちしるべ》はなく……そもそも道さえ、ここにはない……。
夢だ……これは夢だ……。
だから……。
早く、消えてくれ！
「あ……」

瞼《まぶた》を開くと、目の前にお嬢の顔があった。

心配そうな表情を浮かべて、ジッと宏を見下ろしている。

「また、うなされてた」

「あ、ああ……それ、拭《ふ》いてくれたのか？」

手にタオルを持っているところを見ると、寝汗を拭いてくれていたのだろう。背中はグッショリだったが、顔だけはきれいに汗が拭《ぬぐ》われている。

「うん。汗びっしょりで、寝苦しそうだったから……」

「……ありがとう」

宏は布団から身体を起こすと、優しい少女の頭に手を乗せた。

「どういたしまして」

にこーっと微笑《ほほえ》むお嬢を見て、宏はようやく現実に戻ってきたことを実感した。


「でも、どうして毎朝、苦しそうに目を覚ますの？」

いつものように、ちとせを見舞うために実家への道程を歩いていた宏に、お嬢がそう言って問いかけてきた。お嬢と一緒に寝起きをするようになって、宏は何度か今朝と同じような苦しい目覚めを迎えている。

毎回、心配そうに宏を見つめているお嬢からすれば当然の疑問だろう。

「うん……夢を見るんだ」

「夢……？」

あまり人に聞かせて楽しい話とは思えないが、宏はあえて話すことにした。うなされている様子を見られている以上、隠しても意味のないことである。

「不気味な夢でさ……それで寝覚めがよくないんだ」

「……どんな夢なの？」

「悪夢……なんだ」

宏は、ぼそりぼそりと夢の説明をした。

ふたつの丸の下に、三日月状の物……おそらく人の顔なのだろう。なにもない真っ白な空間に、それがいくつも浮かび上がっているのだ。

「そこから視線を感じるんだ。おれに注目している……というか、なにかを望んでいる。そう……信者が教祖様に向けるように。でも、おれはただの一般人で、その視線にこめられた感情を受け止めることができないんだ」

「……どんな感情？」

「分からないんだ」

宏は小さく首を振ったが、決していい感情だとは思えない。そうでなければ、あれほど不快な思いはしないだろう。

「あの……それは……」

「宏！」

お嬢がなにかを言いかけると同時に、背後から声が聞こえてきた。振り返ると、数メートル後ろから華子が手を振りながら駆け寄ってくるところであった。

「なんだ……華子か」

宏は思わず溜《た》め息《いき》をつく。

それまで真剣に夢の話をしていたのに、急に気が抜けてしまった気分だ。

「なんだはないでしょう？　あ、こんにちは。お嬢ちゃん」

華子は、宏に向ける仏頂面とは対照的な笑顔を浮かべてお嬢に挨拶《あいさつ》した。

「あ……こんにちは」

お嬢はやはり居心地の悪そうな顔をして、小さな身体を宏に擦《す》り寄せてくる。

一体、なにがそんなに苦手に感じるのだろうか……と、宏は首を捻《ひね》らざるをえなかった。

「家に行くの？」

華子は、お嬢から宏に視線を転じてそう訊《き》いた。

「ああ。お前も？」

「ちとせちゃんの顔を見たいしね。それに……」

そろそろ親父《おやじ》にも会わないと……と、華子は声のトーンを少し落として言った。

大学生である華子も、実家で暮らしているわけではない。

宏も詳しい話は聞いていなかったが、母親も数年前に亡くなり、現在は大学の近くで一人暮らしをしているようだ。

宏と同様に、一年に一度……夏にだけ実家のあるこの村に戻ってくるのである。

「それにしてもお前って、いつもどこにいるんだ？」

宏はかねてよりの疑問を口にした。

「え？　どこって？」

「だって、村に戻っても実家にはいないじゃないか。この辺りで泊まれる場所といえば『なると』くらいだけど……」

その「なると」に泊まっている様子もないのである。

「ま、色々とね」

華子は軽く笑みを浮かべ、はぐらかすような口調で答えた。

そんな態度を見せる時の華子をいくら問いつめても無駄だということは、これまでの経験から承知している。宏は仕方なく、それ以上の追及をあきらめた。

「でも、信じられないわね。あの親父にお迎えが近いなんてさ。ちょっと前までは想像もつかなかったのに」

「そうだな……」

華子が呟《つぶや》いた感慨深げな言葉に、宏は同意するように小さく頷《うなず》いた。

好き勝手な人生を送り続けていた父親が、ようやくその終末点を迎えようとしている。

自分の前に立ちふさがるすべてを力でねじ伏せてきたが、最後の最後に病気に屈しようとしているのだ。

（病気か親父か……どちらが勝つのだろう？）

宏はぼんやりとそんなことを考えながら、実家への道程を歩いた。


「え……？」

ちとせの部屋に入った途端、宏は目の前にいた意外な人物に唖然《あぜん》としてしまった。

「親父……起きたりしていいのかよ？」

部屋にはちとせだけではなく、父親の姿があった。

親戚《しんせき》連中の話では、立ち上がることもできない状態だったはずだ。それが今、父親は自分の足を床につけ、病人らしからぬ精悍《せいかん》な顔つきで宏たちを見つめている。

「……七月に入っても一向に顔を見せんので、妙だとは思っていたのだがな」

父親はそう言って溜め息をつく。

「やはりそうか……信用のできん連中だ」

連中とは親戚たちのことだろう。

すると、それほど悪くはないのか？と、宏は訝《いぶか》しむ。父親の具合がよくないと言われ続けていたが、それは単に口実に過ぎないのだろうか？

「そこに、三人とも並びなさい」

「………？」

父親の言葉に、宏は思わず華子と顔を見合わせる。なにを意図しているのか分からないが、とりあえず言われた通りに、ベッドで半身を起こしているちとせの側《そば》へと移動した。

お嬢はドアの脇《わき》にひっそりと佇《たたず》んで、無言で宏たちを見つめている。

「そう……三人の顔が、きちんと見えるようにするんだ」

宏たちはちとせを挟むようにしてベッドの両脇に腰を掛け、父親と正面から向き合う形となった。父親は両腕を組み、まるでモチーフを前にした画家のような目で、視線を左右に動かしながらジッと宏たちの顔を見つめ続けた。

「……私たちは会話になれていない。それはもちろん、私のせいなのだが」

「……………」

「だから今さら会話を求めても、お互いに戸惑うだけだろう。しかし、その姿を目に焼きつけることなら可能だ」

そう言って、父親は再び三人の顔を順番に見つめていく。その瞳《ひとみ》に以前のような力強さを感じられないことが、宏を少しだけ動揺させた。

横目で華子やちとせの横顔を窺《うかが》うと、彼女たちもそれに気付いているのだろうか、複雑な表情を浮かべたまま一心に父親の顔を見つめ続けている。

……それが十分ほど続いた後、

「そろそろ……戻るか」

と、父親は力なく言った。

顔にはいつの間にか、濃い疲労の色が浮かんでいる。額にはびっしりと大粒の汗。

当然、本人も気付いているだろうが、父親はそれを拭おうともせずに背中を向けた。ゆっくりとした足取りでドアに近付いた時、そこにいたお嬢に気付いて足を止める。

「この子は……？」

「あ、おれの友達だよ」

「……そうか」

父親はそれ以上はなにも言わず、そのまま部屋の外へと消えた。途端、見えない糸が取り払われたかのように、部屋の中の空気が弛《ゆる》んだ。

——その時。

どさっ！

「あっ……！」

部屋の外で音がすると同時に、父親の背中を見送っていたお嬢が短く声を上げた。

宏たち三人は、一瞬だけ顔を見合わせる。そして部屋の外でなにが起こったのかを瞬時に理解した。

「親父っ！」

ベッドから飛び下りると、宏は急いで部屋を横切り、廊下へと飛び出した。


父親の容態がひとまず安定した頃《ころ》には、すっかり日が沈んでいた。

後のことを駆けつけてきた侍医と看護婦に任せると、宏は華子と共にちとせの部屋に戻った。ベッドから動くことのできないちとせに経過を知らせてやる必要もある。

「あ、お兄ちゃん……お帰りなさい」

部屋に入ると、横になっていたちとせがむくりと起き上がった。

「大人しくしていたか？」

「うん。ちゃんと寝てたよ」

笑顔を見せるちとせの頭を、宏は優しく撫《な》でた。

「親父のことはもう心配いらない。とりあえず持ち直したようだからな」

「そう、よかった……」

ちとせはホッとしたような表情を浮かべた。自分から訊こうとはしなかったが、やはり気になっていたのだろう。

「遅くなって悪かったな、お嬢」

宏は辺りを見まわし、部屋の隅でしゃがみ込んだまま本を読んでいたお嬢を見つけて声を掛けた。先に戻っていろと言ったのだが、首を縦に振らず、ちとせの部屋で宏が戻ってくるのをずっと待っていたのだ。

「そろそろ帰るぞ」

「うん……」

心ここにあらず、といった返事だ。ちとせに借りたのだろう、少女マンガに熱中したまま顔を上げようともしない。

「ちとせ、このマンガ借りていってもいいか？」

宏はお嬢の読みふけっているマンガを指さして訊いた。

「うん、いいよ」

「ありがと。……ほら、お嬢、もう帰るぞ」

宏は、お嬢の手からひょいとマンガを取り上げた。

「ああ～……あれ？」

マンガを追って腰を浮かせたお嬢は、ようやく目の前に宏がいることに気付いたような顔をする。宏はそのお嬢の腕を取って無理やり立ち上がらせた。あまり長居をして、ちとせを疲れさせるわけにはいかないのである。

「あれ？……じゃない。ほら、帰るぞ」

「でも、続き……」

「ちとせが貸してくれるってさ」

「ほんと？」

お嬢はパッと顔を輝かせてちとせを見た。

「うん。その代わり、読み終わったら感想を聞かせてね」

「もちろんっ」

宏の手からマンガを取り返すと、お嬢はそれをギュッと胸に抱きしめた。

「うわっ、やばっ！　もう野球が始まってる〜っ」

大騒ぎしながら走り去っていった華子と別れて、「な

ると」へ戻ってくると、部屋の入り口には夕食の膳《ぜん》が置かれていた。

すぐに食べる気分にはなれず、せめてお嬢にだけでも食事をさせようとしたのだが……。

お嬢はさっそく借りてきたばかりのマンガを広げようとしていた。

「お嬢、夕食はどうする？」

「ん～……後でいい」

「そんなにマンガが気に入ったのか？」

「このマンガすっごく面白いんだよ。あなたも一緒に読む？」

「いや、いい。それよりも……」

宏は「なると」へ戻ってくる途中から気になっていたことを尋ねた。

「お嬢、ちょっと疲れてるんじゃないのか？」

「え……？」

口調こそウキウキとしたものだが、こうして電灯の下で改めて見ると、その表情はどこか憔悴《しょうすい》しているように感じられる。

「……ちょっといいか？」

断りを入れてから、お嬢の額に手のひらをつけた。やはり、少し熱があるようだ。

「やっぱりな……」

「そ、そんな……疲れてなんかいないよ。マンガだってまだまだ読めるよ。ほんとだよ」

宏は思わず苦笑した。

出会った時からそうだったが、本当に分かりやすい性格をしている。

「お嬢、マンガは逃げていかないよ」

押入から布団を取り出して敷くと、宏はお嬢に横になるように言った。

「……治ったら、読んでいい？」

「快復したらいくらでも。だから、今夜は大人しく寝ておかないとな」

「うん……」

抵抗するかと思ったが、お嬢は意外にも素直に布団の中に潜り込んだ。

「けど、この前もこんなことがあったよな」

宏はお嬢を神社で休ませた時のことを思い出した。

(もしかしたら、病弱なのだろうか？)

普段の様子からは、とてもそうは思えないのだが……。

「もしかして知恵熱だったりしてな。どれくらいマンガを読んだんだ？」

「そうかもしれない……ああいうの読むの初めてだったのに、十冊くらい読んだから……」

「へえ。初めてとはめずらしいな」

「あなたは読んだことあるの？」

「そりゃ、あるさ」

今のご時世で、マンガを読んだことのない者は稀《まれ》だろう。

「面白いよね、マンガって」

「まぁね。面白いやつは」

「チーちゃんから借りたのは面白いよ。だから、一緒に読もうよ。ね？」

「あ、ああ……」

お嬢の勢いにつられて、宏は思わず頷いてしまった。

「へへ、やった」

少女マンガにそれほどの興味はなかった。

だが、お嬢の嬉《うれ》しそうな顔を見ていると、まあ……いいか、という気分になってくる。

お嬢の笑顔は、宏にとってそれだけの魅力を持っていた。


虚無の空間に浮かび上がるいくつもの顔。

(また、この夢だ……)

宏はいつもの白い世界を漂っていた。

逃げ出すことはできない。無数の視線にさらされながら、じっと夢が終わるのを待たなければならないのだ。いつものように……。

せめて、少しでも夢に抗《あらが》おうと出口を探すが、身体は白い泥水に沈んでいるかのように、指先ひとつ動かすことさえ困難だ。

息苦しい……。

どうして、こんなに息苦しいのだろう。

どうして……。

「……っ！　うっ、えほっ！　ごほっ！」

目覚めは唐突に訪れた。

瞼を開くと同時に、部屋の中で煙がもうもうと立ちこめていることに気付き、宏は慌てて身体を起こした。

「な、なんだぁ!?」

咄嗟《とっさ》に、火事かっ!?と思ったのだが……。

「あら、おはようございます」

のんびりとした女将《おかみ》さんの声が、煙の向こうから聞こえてきた。

「なんですか、これは？」

思わずそう訊いたが、実際になにが起こっているのかは、目の前の光景を見れば一目瞭《りょう》然《ぜん》であった。女将さんが持ち込んだと思われる七輪。その上で、焼きもろこしがこんがりと焼かれている。

「これは、ボクのだからね」

女将さんの隣に座っていたお嬢が、所有権を主張するように声を上げた。

「あ……いや、そういうことじゃなくて……室内でそれはまずいんじゃ……」

「大丈夫。火災警報機はラップで覆って、煙に反応しないようにしてありますから」

宏の懸念を否定するように、女将さんは天井を指さした。見ると、そこには確かに処理された器具がある。抜けているのか、用意周到なのか……。

「ねえねえ、もういいかな？」

待ちきれない様子でお嬢が尋ねた。

「そうですね……もうちょっと焼いた方がいいでしょう」

そう言いながら、女将さんは菜箸《さいばし》でころころとうもろこしを転がすと、七輪の脇に置いてあった刷毛《はけ》で醤油《しょうゆ》を塗っていく。

「美味《うま》そうだな……」

香ばしい匂《にお》いが漂ってきて、宏は急に空腹感を覚えた。

お嬢は、十日ぶりの獲物を前にしたライオンのような目で宏を睨《にら》んだ。

「……ボクのだからね」

「でも、なんでこんな時間に焼きもろこしを焼いてるんですか？」

時計を見ると、まだ日が昇ったばかりの時間だ。旅館の朝食にはずいぶんと間がある。

「あ……もしかして、お嬢が？」

「ええ、お腹《なか》が空《す》いていると言われて厨房《ちゅうぼう》を探したら、丁度もろこしがあったので……」

「どうもすいません。わがまま言って」

考えてみれば、体調を崩していたお嬢は、昨夜なにも食べていないのだ。腹が空くのは仕方のないことだろうが……。

「いいんですよ、そんな」

女将さんはたおやかな笑みを浮かべる。社交辞令ではなく、本心からそう思っているばかりか、なにやら嬉しそうだ。

「でも、なにも室内で焼かなくても……」

「あ、それは……」

女将さんはちらりとお嬢を見た後、宏にすすっと顔を寄せてくる。

「あなたが心配だから……と」

「え？　心配？　おれをですか？」

「ええ……なんでも稲葉さん、目が覚める時、いつもうなされているそうじゃないですか」

「…………………」

「だから部屋を空けるのは心配だと、そう仰《おっしゃ》ったんです」

「そう……ですか」

その割には宏をほっぽって、もろこしが焼き上がる様に見入っていたようだが……。

「さあ、そろそろいいでしょう」

「わーい、いただきます」

女将さんが七輪から取り上げた焼きたてのもろこしを受け取ると、お嬢は熱いのも気にせずに勢いよくかぶりついた。

「美味《おい》しい……」

お嬢はそう呟いて、満面に笑みを浮かべる。笑う門に福がくるのなら、両手で持ちきれないほどの福がやってきそうな笑顔だった。

そんな様子を、女将さんは嬉しそうに眺めていた。


「あれ……来てたのか、華子」

「よう。おふたりさん」

ちとせの部屋のドアを開けると、あぐらをかいていた華子が、よっ！と手を上げた。

「……オヤジ臭いぞ。お前」

宏は思わず苦笑しながら、横目でお嬢の様子を窺った。相変わらず華子の方を見ようとはしない。まるで、恐《こわ》がりの人がホラー映画から目を逸《そ》らすかのようだ。

（やはり、華子が苦手なんだろうか？）

そう考えながら宏が首を捻っていると、

「ねえねえ、お兄ちゃん、見て見て」

ちとせがこぼれそうな笑顔を浮かべて嬉しそうに言った。

「お姉ちゃんが色々買ってきてくれたんだよ」

その視線の先を辿《たど》ると、サイドボードの上にマンガや小説、ＣＤやＤＶＤなどが乱雑に積まれていた。

「へぇ、気前がいいな」

「坂神が勝ったからね」

「……なるほどな」

あの球団でも勝つことがあるようだ。華子の機嫌は、一見分かりにくいように思えるが、実はすごく単純なのかもしれない。

「けど……ちとせちゃんが一番欲しがっていた物は、買ってこれなかったんだけどね」

「一番欲しがっていた物って、なんだ？」

「……あのぬいぐるみ」

華子はそう言って、お嬢に向けてあごをしゃくった。ぬいぐるみとは、お嬢の抱えているアルキメデスのことだろう。

「色々と探しまわってみたんだけどね、どこにも売ってなかった」

そりゃそうだろう……と、宏は密《ひそ》かに思った。あんな不細工なぬいぐるみなど、普通は売ってないし、誰も欲しがらないと思うのだが。

「ね、お嬢ちゃん、それどこで買ってきたの？」

「……これは、買ったんじゃないんだよ。だから、売ってないと思うな」

「なんだ……だってさ」

華子はちとせに向けて、軽く肩をすくめる。

「それじゃ仕方ないね……」

ちとせは慌てて笑うが、少し寂しそうだった。

宏は改めてサイドボードに目を向けた。外に出られない身体のせいか、ちとせはこの手の物が大好きだ。こんな田舎ではめずらしい最新のＴＶやビデオはもちろん、ＬＤやＤＶＤまで完備してある。設置してあるスピーカーも高級な物だ。

普通の子どもがちとせの部屋に足を踏み入れれば、大抵は羨望《せんぼう》を感じるだろう。そこには、欲しくても手に入らない物がたくさんあるのだから。

だが、走ることすらできない身体と引き替えてまで、それが欲しいと思うだろうか？

そんな夢の世界ではなく、ちとせには現実の……憎らしいほどの夏の太陽を見せてやりたかった。

「あ、そうそう」

華子は不意に思い出したように、ハンドバッグの中をごそごそと漁《あさ》る。

「これも買ってきたんだ」

そう言って取り出したのは、いくつかのお手玉であった。

「へえ……そんな物、よく売ってたな」

「駄菓子屋を覗《のぞ》いた時にね、見つけたんだ」

「……お兄ちゃん、これなんなの？」

華子から受け取りはしたものの、ちとせにはそれがなにをする物なのか分からないようだ。首を傾《かし》げながら、手のひらの上で転がしている。

「お手玉だよ。ちょっと、貸してみ」

宏はちとせの手からお手玉を取り上げると、ぽいっと上に向かって放り投げる。続いてふたつめを放り上げるが……。

「あ……」

落下してきたひとつめを受け損ねてしまう。

「下手」

「……じゃあ、お前がやってみろ」

「ふふん。こんなもの……」

冷ややかなツッコミを入れた華子にお手玉を渡すが、結果は宏と同じであった。単純な遊びだけに、技量を必要とするようだ。

「みんな、できないんだね」

それまで黙りこくっていたお嬢が、不意に声を上げた。

「お嬢は、できるのか？」

「うん。貸して」

お嬢の差し出した手に、宏はその場にあった四つのお手玉を載せた。

「や！」

お嬢はいとも簡単に四つのお手玉を放り上げると、それをくるくると器用に回転させ始めた。なれた手付きといい、見事なものである。

「おおっ⁉」

宏たちが感嘆の声を上げると、上手？と、お嬢は笑顔を振りまいた。

よそ見していてもできるのだから、たいしたものだ。

「上手いな～」

ちとせは、飛びかうお手玉を自在に扱うお嬢に羨望の眼差《まなざ》しを向けた。

「ねえ、今度わたしにも教えてくれる？」

「うん」

お嬢は得意げに頷いたが、その間もお手玉は回転を続けている。

「華子、お手玉はまだあるか？」

「ん？　もう四つあるけど……ほら」

「サンキュ。お嬢、ちょっと数を増やしてもいいか？」

華子がバッグから取り出したお手玉を受け取ると、宏はお嬢が作り出す回転の中に、ひょいと新しいひとつを侵入させた。

「わわ！」

一瞬、回転が乱れたが、すぐにその隊列は隊形を取り戻す。

「じゃ、もう一個」

宏が順番にお手玉を増やしていっても、お嬢はそれらをすぐに取り込んで見事に回転させ続けた。数が増えた分だけスピードが上がり、触れれば斬《き》れるのではないかと思えるほどの激しい回転だ。

「すごいぞ、お嬢！」

「だ、誰か止めて〜！」

「あはは！」

お嬢の姿を見て、ちとせが珍しく大笑いした。屈託のない奔放な笑い声。

だが……それが段々と途切れていく。

「は……けほっ……う」

「ちとせ！」

気がつくと、ちとせは身体を丸めて肩を震わせていた。慌てて近寄ると、その肩にそっと手を置く。運動もせず食も細いせいか驚くほど骨張った感触に、宏は思わず顔をしかめそうになった。

「ちとせ、大丈夫だよな？」

「……う……うん……へへへ」

ちとせは苦しげな声で答える。

圧縮して圧縮して、ようやく絞り出したような声だった。

「へい……き」

「だよな。そんな……笑ったくらいで」

「お兄ちゃ……の……言う通り……だよ」

扉が開閉する音に振り返ると、華子の姿が消えていた。人を呼びに行ったのだろう。

「チーちゃん……」

膝立《ひざだ》ちのお嬢がベッドの縁に手を掛け、ちとせの顔を覗き込んだ。ちとせは布団をぎゅっと握りしめる。その顔は濃い不安感に彩られていた。

「ごめん……ね。み、見苦しい……見せちゃって」

ちとせは奇妙に顔を歪《ゆが》めた。それが笑顔なのだと分かるまで、数秒を要した。

「…………………」

お嬢の顔から、表情が消えていた。

まるで、表情を手繰りよせる糸をすべて切られてしまったかのように……。

「ちとせ……」

ちとせはまだ苦しんでいた。急激に興奮したのがよくなかったのだろう。実の妹が理不尽な責め苦に震えているというのに、宏にはなにもできない。

できるのは……歯をくいしばって笑顔を向けることだけであった。

扉の外から、複数の足音が聞こえてきた。


常磐病院からちとせの侍医が駆けつけたのを見届けて、宏はお嬢と共に「なると」へと戻った。なんの手助けもできない以上、いても邪魔になるだけだからである。

「チーちゃん、心配だね……」

「たいしたことじゃないさ」

宏は部屋の中央でごろりと横になったまま、お嬢の言葉につとめて気楽な声で答えた。

「……無理をしているな、稲葉」

めずらしくアルキメデスが言う。

「そういや、なんでお前はちとせや華子の前だと喋《しゃべ》らないんだ？」

「話を逸らすな」

一喝されて、宏は小さく肩をすくめた。ぬいぐるみに指摘されるのは不愉快だったが、確かにこの話題からは遠ざかろうとしているのは事実だ。

「……嫌なんだよ、態度に出すのは」

宏は仕方なく、そう呟くように言った。口をつぐむこともできたが、誰かに打ち明けてしまいたい気持ちもある。いつまでも本心を偽るのは辛《つら》いことであった。

「……おれが態度に出すと、ちとせが心配する。それが、嫌なんだ」

「でも、ここにチーちゃんはいないよ？」

だからこそだ……と、宏は語気を強めた。

「おれは普段からそう心がけているんだ。じゃないと、今日みたいな時……」

「不安と焦燥が噴き出す、か」

アルキメデスが、途切れた言葉を代弁するように言った。その言葉に対し、宏は反論することができなかった。

「お前が無理をしているように、あの子も無理をしている」

「ああ……分かってるよ。お前に指摘されなくても」

「正面から向き合うことだな。悲しみと不安……笑うにしろ泣くにしろ、覚悟は必要だ」

「…………………」

アルキメデスの言葉が自分に向けられてのものだけではなく、なにか違う……深くて重い意味を持っているような気がして、宏は咄嗟に答えることができなかった。

「ねえ……訊いていい？」

お嬢が遠慮がちに声を掛けてきた。

「なに？」

「あなたはなんで『なると』に泊まっているの？　チーちゃんのいるとこがお家なんでしょ？」

「……あそこは、おれの家なんかじゃないよ」

「え？　でも……」

「おれはさ……」

宏は身体を起こすと、畳の上に座り直した。

「もう何年も前から、施設で暮らしているんだ。両親を失った子供たちが集まる施設にね」

「でも……あなたには、お父さんがいる」

「まあね。でも、血が繋《つな》がっているだけで、ほんとに親子だなんて思えないよ」

宏はそう言いながら、ふと過去を思い出した。

あの時の……父親の言葉を。

『宏……この家を出なさい』

あれは母親が亡くなった翌日のことだっただろうか……。

『このままだと、妻はお前に辛く当たるだろう。お前には、新たな環境を用意しよう。それがお前のためでもある。……ちとせのことなら心配するな。病気のためか、あれはちとせには同情的だ。それに、お付きの看護婦もいる』

『………………』

『すまんな。不甲斐《ふがい》ない父親で……』

父親が宏に謝罪したのは、それが最初で最後だった。

宏が施設に移ることになった間接的な原因——父親の本妻は、去年、亡くなっている。特に嫌いだったわけではないが、結局、宏は彼女の笑顔を一度も見ることがなかった。

「そんなことがあったんだ……」

宏が話し終えると、お嬢は忘れていた呼吸を取り戻すように、ふう、と息を吐き出した。

「でも、チーちゃんはひとりになっちゃったね。あなたが行っちゃったから」

「……そうだな」

宏は短く答えて天井を見上げる。

少しだけ、胸がうずくような気がした。

数日後——。

ちとせの容態を気にしていた宏は、実家から掛かってきた電話に緊張した。

だが、それは宏の想像とは違う訃報《ふほう》……。

その日の早暁。

父親が息を引き取ったという内容であった。

リリン——。

受話器を置いた宏の背後で、旅館の窓に吊《つる》された風鈴が涼しげな音を立てた。

第三章　帰らぬ人たち

宏の父親は、ほとんど家にいない生活を送っていた。

亡くなる前の一ヶ月が、おそらく今までの人生でもっとも長く家にいた時間であっただろう。その時間の中で……彼は死んでいった。

皮肉なものだ……と、宏は思った。家というのは、本来は生きるためにあるのだ。

(それはおれも同じか…)

慌ただしく葬式の準備が行われる中で、宏はひとり広大な庭に立っていた。

連絡を受けて駆けつけたものの、祭事の采配《さいはい》はすべて華子が取り仕切っているために、現時点ではこれといってやることがないのだ。

午後の太陽は、いつもと変わらない強烈な日差しを宏に浴びせてくる。

ふと、空を見上げると、そこに父親の顔が浮かんでいるように思えた。気付くと、瞼《まぶた》に涙が溜まっていた。拭《ぬぐ》おうとした瞬間、一滴だけ涙が頬《ほお》を伝った。

強い日差しに目が潤んだ、ただの生理現象かもしれない。

だが、それは宏を少しだけ安堵《あんど》させた。

「ここにいたの？」

背後から華子の声が聞こえてきた。宏はあまり不自然にならないようにしながら、急いで目を擦《こす》ると、何事もなかったように振り返る。

「打ち合わせとやらは終わったのか？」

「まあね」

華子はそう言って肩をすくめた。口調はいつもと変わらないが、その顔には疲労の色が浮かんでいる。明け方から、休む間もなく動きまわっているのだから当然だろう。

「大丈夫か、身体の方は？」

「これくらいは平気よ。お前こそ、一度旅館に戻って休憩してきなさい。これから先も、手伝って欲しいことがたくさんあるんだから」

「ああ……分かってる」

通夜は今夜、そして葬式は明日だ。村一番の大地主の葬式ということで、その規模も自然と大きくなる。取り仕切るだけでも大変なことであった。

「じゃあ、お言葉に甘えて戻るよ」

今朝は急いでいたこともあり、お嬢には簡単に事態を伝えただけで、ひとりで飛び出してきてしまったのだ。彼女がどうしているのかも気に掛かる。

宏はとりあえず、「なると」へと戻ったが……。

「あれ……？」

部屋の中にお嬢の姿がなかった。ついでに言えば、アルキメデスも消えている。

「稲葉さん」

振り返ると、そこに女将《おかみ》さんが立っていた。

「この度は本当にご愁傷様で……」

そう言って深々と頭を下げてくる女将さんを見て、宏は初めて父親が死んだことを実感したような気がした。

「私にも、なにか手伝えることはありませんでしょうか？」

「いえ、華子……姉がしっかりしてますから」

「そうですか」

ひとしきり沈黙を飲み込んだ後、

「あの……お嬢は？」

と、宏は訊《き》いた。

「あ、それが……今朝から姿が見えないんです」

「今朝から……？」

とすると、宏が実家に戻ってからすぐのことらしい。

(どこに行ったのだろう？)

宏は思わず首を捻《ひね》った。お嬢がこの村で行く当てのある場所など、他《ほか》にはないはずだ。

「私も旅館の者に訊いてみたのですが、どうにも要領を得ませんで……」

そう言って顔を伏せる女将さんは、何故《なぜ》か落ち着かない様子に見えた。

「あの……女将さん？　どうかしましたか？」

「あ、いえいえ、なにも……」

女将さんは、そう言って痙攣《けいれん》したように手を振る。やはりどこか奇妙に思えたが、人のいい女将さんのことだから、余程心配なのかもしれない。

「それでは……私はこれで。お通夜と告別式には、私も参列させていただきますから」

「ありがとうございます」

宏が頭を下げると、失礼します……と、女将さんは廊下を歩いていく。

その後ろ姿を見送った後、宏は部屋の中に視線を戻した。すでに何日も寝泊まりをしている部屋だというのに、違和感を感じずにはいられない。

お嬢がおらずにひとりでいること。

なんだか、それが普通ではない気がした。


翌日——。

本葬が執り行われた直後に、父親の遺言状が弁護士の手によって開封された。本来ならこれほど急ぐ必要もないのだが、親戚《しんせき》たちがあまりにもせっつくので、急遽《きゅうきょ》開かれる運びとなったのだ。

父親の生前から囁《ささや》かれていた通り、次期当主には華子が据えられたが、宏にはなんの不満もなかった。家だの土地だのという財産には興味がなかったからである。

遺産分与に関しては当然のように不満を持つ者もいたが、遺言状はその辺りも周到に計算されたものであり、想像していたよりも配分はスムーズに進んだ。

「さて、これで坂神を買収することができるわね」

親戚たちとの談判を終えてちとせの部屋に戻ってきた途端、華子は拳《こぶし》を握りしめながら不敵な笑みを浮かべた。なまじ不可能ではないだけの遺産を相続したのだから、冗談が冗談に聞こえない。

「やめておいた方がいいな。オーナーの無茶な要求で、球団が更に弱くなりそうだ」

「失礼なっ。……ま、いいけどね」

華子はそう言ってグッと伸びをすると、やたらと大きな溜《た》め息《いき》をついた。

「お姉ちゃん、疲れちゃったの？」

ベッドから身体を起こすと、ちとせは心配するように華子の顔を覗《のぞ》き込んだ。

一時的に容態が悪化したため病院に入院していたちとせも、数日前から実家に戻ってきていた。だが、この忙しい最中になにもできなかった自分を歯痒《はがゆ》く感じているらしい。通夜や葬式に参加するため、体力を温存するのがちとせの仕事だと言い聞かせてはいたのだが、やはり疲労の色を浮かべた華子の顔を見ると、そんな思いが頭をよぎるのだろう。

「ん……これくらい平気よ。まだまだ」

ちとせの気持ちを察したらしく、華子は元気な声で言った。

「じゃあ、わたしたちはとりあえず帰るけど、また明日顔を出すから」

「うん……あ、お兄ちゃん。明日はお嬢ちゃんも連れてきてね」

「あ、ああ……」

宏はちとせの言葉に頷《うなず》きながら、お嬢は戻っているだろうか……と、少し不安になった。

あれからずっと実家に居続けているので、お嬢が戻ってきているかどうかを確認していないのである。

じゃあ、また明日……と約束して、宏たちはちとせの部屋を後にした。

「……お前、これから少し時間ある？」

実家の玄関を出ると、華子がそう言って声を掛けてきた。

「え、なんで？」

「メシを奢《おご》ってあげるから、少しつき合って」

「あ、ああ……」

華子はいつもとは違って真面目《まじめ》な口調だ。お嬢のことが気になったが、無下に断ることはできそうにない。

そんなに時間が掛かるわけでもないだろう……と、考えて、宏は華子の誘いに頷いた。

……もっとも、食事といっても、この村にはさほどの店があるはずもない。結局はどちらが言い出したわけでもなくふたりは「ボンバイエ」にやってきた。

「それで、話って？」

宏は、タンメンをずるずると啜《すす》りながら尋ねた。

「うん……単刀直入に言うけど、これからお前はどうするつもりなの？」

宏の質問に、正面で天津飯を食べていた華子が逆に訊いてきた。

「これからって？」

「要するに、施設に戻るのか、このまま村に留まるのかってこと」

「……今、決めなきゃ駄目なのか？」

「なるべくなら、早い方がいいわね」

父親が亡くなり、これからのことを考えなければならない時期に来ている。新しい当主となった華子にしてみれば、当然の質問だと言えた。

「……華子はどうするんだ？」

「わたし？　決まってるじゃない。稲葉家に住むわ……ちょっと、朝が大変だけどね」

「ああ……お前って大学生だったっけ」

華子はいつもふらふらしているような女なので、今ひとつ学生とか社会人とかいう気がしない。強いて言えば、風来坊という言葉がよく似合うタイプだろう。

「ま、片道三時間も掛けて通っている人もいるしね。わたしも負けてらんないわよ」

「……なあ」

宏は箸《はし》を置いて、以前から訊いてみようと思っていたことを口にした。

「お前、どうして家を出たんだ？」

ある意味では愚問だったかもしれない。宏と同じように、正妻の娘ではない華子も、実家に居場所などなかったのだから……。

華子は椀《わん》で口元を隠していたが、宏には笑っているように感じられた。

「そりゃ、色々見てまわりたかったからね。世の中ってやつを。田舎に引っ込んでたんじゃ、それも難しいし。それに……いつかは、あの家には戻ることになるだろうと思っていたからね。親父《おやじ》の子どもが、わたしたちしかいない以上は」

「うん……」

「お前の方こそ、どうしてあの家に戻らなかったの？　ガキの頃《ころ》ならまだしも、ずっと親父の奥さんが怖かったわけじゃないんでしょ？」

宏は答える代わりに、置いていた箸を手に取って再び麺《めん》を頬ばった。伸びてしまったのか、妙に不味《まず》く感じられる。

「ま、お前にはお前の事情ってのがあったんでしょうけどね」

華子はそれ以上の追及をしようとはせず、テーブルの上から、水の入ったコップを手にして一気に飲み干した。

「……さっきの話だけどね。一応、わたしの希望も言わせてもらうわ」

「…………………」

「お前には、この村に……稲葉家にいて欲しい。そうなれば、ちとせちゃんはとても喜ぶだろうからね。もっとも、あの娘が直接それを要求することはないでしょう。お前に負担を掛けるようなことは、絶対に口《こ》にしようとはしないからね」

確かにそうだろう……と、宏も思う。相手が宏に限らず、ちとせは誰かに迷惑を掛けるようなことを極力避けようとするのだ。

「……ちとせちゃん、手術の日が決まったって。さっき聞いたんだけどさ」

「え!?　ほんとか？」

想像もしなかった華子の言葉に、宏は思わず身を乗り出した。いつかはくるだろうと思っていたが、まさかこの時期にそんな具体的な話が出るとは考えていなかったのだ。

「それで……いつ？」

「来月の二日」

「そうか……」

宏はドサッと椅子《いす》に座り直すと、思わず祈るように目を閉じた。神様が本当にいるのなら、今度こそ祈りを聞き遂げて欲しい。

どうか、ちとせが末永く生きられるように……。

「これでやっと、ちとせちゃんも普通に走ったり笑ったりできるわね」

「ああ……そうだな」

それが確証のない希望に過ぎないことは、華子も宏も知っている。

「だから、あの娘のためにも……できるなら戻ってきて欲しい。それに……」

ことのついでのように、華子は言った。

「もちろん、わたしも喜ぶわよ。……ちょっとだけね」


旅館「なると」に戻ってきた宏は、お嬢が迎えてくれることを期待して部屋の襖《ふすま》を開けたが……。そこには、誰もいなかった。

あれから戻ってきた様子すらない。

……この部屋はこんなに広かったのだろうか？

わずか一晩留守にしただけで、随分と印象が変わってしまったように感じられる。そこにいるべき人間がいないというだけで、こうも違うものなのか。

これまで毎年のように泊まっているが、これほどよそよそしい印象を受けたのは初めてのことだった。まるで、広漠とした砂漠にひとり取り残された気分である。

（状況からして、自ら出て行ったんだろうな……）

理由は分からないが、丸一昼夜も戻ってこないところをみると、そう考えるしかない。

しかし、一切の記憶を失っている少女が、この村から出て行くとは思えなかった。

だとすると……。

「……あ」

ひとつだけ思い当たる場所があった。


「お嬢」

神社の石段を駆け上ってきた宏は、呼吸を整えながら社の軒下を覗いてみた。

やはり、そこには人影がうずくまっている。

「お嬢、寝ているのか？　どうして返事をしない？」

そう言ってしばらく待つと、人影が窮屈そうに起き上がった。

赤いふたつの瞳《ひとみ》。

それが、暗闇《くらやみ》の中で光っている。

「どうしてこんな所にいるんだ？」

「……前に言ったでしょ。ここって、寝心地がいいんだよ」

お嬢は平淡な声で言う。

「でも、布団には敵わないだろう。ほら、出てきな。出てこないなら、無理やり引っ張り出すぞ」

本気でそうするつもりだったが、お嬢は素直に軒下から這《は》い出してきた。

「……よく、ここが分かったね」

「なんとなくな」

暗くてよく見えなかったが、服が埃《ほこり》などで汚れていることは間違いないだろう。宏はわずかな月明かりを頼りに、お嬢の身体についた埃を払ってやった。

「どうしたんだよ？　暗い顔して」

「……あなたは、どうして暗い顔をしていないの？」

お嬢がぽつりと言った。

「え？」

「自分のお父さんが死んだのに……もっと悲しんだらどうなの？　苦しんだらどうなの？」

「…………！」

お嬢は淡々とした口調だったが、宏には、まるでそれが百人の人間からの糾弾の声のように思え、思わず言葉を失ってしまった。

「……泣いたらどうなの？　そうしてくれて、ボクは全然いいよ。ボクを——」

なにかを言いかけたが、お嬢は思い直したようにぐっと言葉を飲み込む。その様子を見て、宏はようやくかすれた声を喉《のど》の奥から絞り出した。

「……ボクを？」

「お嬢……？」

「なんでもないよ」

「なんでもないったら！」

お嬢は強く頭を振った。その拍子に銀色の髪がふたりを隔てるヴェールのように舞う。

リリン——と、鈴の音。

「とにかく……帰ろう」

宏がそっと小さな手を掴《つか》むと、お嬢は駄々っ子のようにその手を振り払った。が、すぐに後悔したような表情を浮かべて、宏の顔を下から見つめてくる。

「……帰ってもいいの？」

「当たり前だ。どうしてそんなことを言うんだ？」

「……………」

宏には、お嬢の気持ちが理解できなかった。

「なると」から飛び出した理由も、いきなり父親の死に対して感情を吐露できない自分を責める意味も……。

第三章　帰らぬ人たち

「……さっきボクが言ったこと、覚えてるよね？」

「…………………」

「悲しまないの？　苦しまないの？　泣かないの？」

「……悲しいし、苦しいよ。あんなのでも、血を分けた親だったし……」

「じゃあ、どうして泣かないの？」

「分からない……」

言った瞬間、今までの言葉がすべて嘘《うそ》であると自覚していた。

分からないのではなく、分かりたくないだけだった。親が死んだというのに、それほど悲しくない自分を知りたくなかった。

ごく当たり前の感情すら持てない自分を……。

「そう……」

お嬢は呟《つぶや》くように言うと、帰ろう……と、宏の先に立って歩き出した。

帰る、という言葉が今は嬉《うれ》しかった。宏は、その小さな背中の後に続いた。

「……迎えに来てくれて、ありがと」

歩きながら、お嬢は囁くような声で言った。

この二、三日はなりを潜めていたが、宏は久しぶりに例の夢を見た。

相変わらず、無言の視線は宏になにかを熱望している。

応《こた》えることなどできないというのに……。

「う……」

「あ、起きた？」

夢から逃れるように瞼を開けた途端、お嬢の顔が視界いっぱいに広がった。

お嬢は片手にタオル、片手にうちわを持っている。それがなにを意味するのかを悟って、宏はありがとう……と礼を言った。お嬢はくすぐったそうな笑みを浮かべる。

宏の望んでいた、いつもの朝だった。

「女将さんがご飯を持ってきてくれるって言ってたよ」

着替えを済ませて布団を畳んでいると、お嬢が嬉しそうに言った。

「……そう言えば、お嬢。『なると』にいなかった間、ちゃんとご飯を食べてたのか？」

「食べてないよ」

お嬢はあっさりと言った。

指折り数えてみると、丸々二日間も食べていない計算になる。

「無茶なやつだな……」

「だから、ご飯がくるのが待ち遠しいんだ」

「もう、勝手に出て行ったりするなよ？　女将さんだって心配していたんだから」

「ボクだって、行きたくて行ったわけじゃないんだよ……」

不可解なお嬢の言葉に、宏は思わず首を傾《かし》げた。

「……どういうことだ？」

「知らないっ、……言ってみたかっただけ」

「はあ？」

よく意味が分からない。重ねて問いかけようとした時、ガラリと襖が開いて、両手いっぱいに膳《ぜん》を抱えた女将さんが部屋に入ってきた。他に誰も連れていないところを見ると、豪快にも足で開けて入ってきたらしい。

「お待たせしました」

「わ〜い、ご飯！」

お嬢は腹を空《す》かせた犬のように、女将さんに駆け寄った。

「すいません、色々とご心配をお掛けして」

「いいえ。お嬢ちゃんが戻って来てくれて嬉しいですよ。ほら、お腹《なか》が空いているということでしたので、たっぷりと持ってきました」

見ると、朝食だというのに凄《すさ》まじい数のお総菜が、膳から溢《あふ》れんばかりに載っている。宏を含めても、とても食べきれるとは思えないほどの量だ。

「あの……女将さん、この量をどうしろと？」

「食べるんです」

女将さんはニコニコと笑いながら膳を置くと、一緒に抱えていたおひつからご飯をよそいはじめた。このまま給仕をしてくれるつもりらしい。

「へへ……いただきまーす」

ご飯がてんこ盛りになった茶碗《ちゃわん》を受け取ると、お嬢は凄まじい勢いで食べ始めた。

満面の笑みを浮かべてご飯を食べる様子を見ていると、昨日、本当に社の軒下にうずくまっていたのと同じ人物なのだろうかと思えてしまう。

「そうそう、食べたことがないと聞いていたので、そうめんも作ってきたんですよ」

そう言って、女将さんは膳の上の一角を示した。少量ではあるが、ガラスの容器に盛られたそうめんが載っている。

「へへ……美味《おい》しそうだね」

ニカニカと笑いながら、お嬢は山盛りのそうめんに箸を突っ込んだが……。

「……あれれ?」

食べやすいように麺の方向は揃《そろ》えられているのだが、それでもお嬢には難しいらしい。箸の間を、麺がつるつると滑っていく。

「むう〜……」

難解なクロスワードに挑戦する人のように、お嬢は顔をしかめた。やはり、その外見が示すように、普段から箸を使わない国の人間なのだろうか?

「箸の持ち方はこうですよ」

お嬢の傍らに移動すると、女将さんは彼女の手を取って、丁寧に指を折り畳んでゆく。

その様子が、宏にはなんだか本当の親子のように見えた。もし、お嬢の記憶がこのまま戻らなかったら、ここの養子にしてもらうのもひとつの手ではないかと考えてしまう。

「中指をこうして……それで、やってみてください」

「うん……あ、できた!」

麺を挟んだ箸を目の前に高く掲げると、お嬢は得意そうに微笑《ほほえ》み、宏に、ついで女将さんに箸を見せつけてくる。

「よくできました」

女将さんは嬉しそうに拍手した。

が、次の瞬間――。

「あっ!」

がしゃん!

音がしたかと思うと、お嬢の左手から麺つゆの入った小鉢がなくなっていた。視線を落とすと、膳の上で小鉢が割れ、茶色い液体が他の料理の上に広がっている。宏は慌ててTVの上にあったティッシュを持ってきた。

「あ、ご、ごめん……」

お嬢は制止する間もなく、割れた小鉢に手を伸ばし、ドライアイスに触れたようにそれを引っ込めた。

「つ……!」

「切ってしまったのですか?」

女将さんが手を取り、傷をあらためる。

「ちょっと待っていてください。絆創膏《ばんそうこう》と消毒薬を持ってきますから」

女将さんはさっと部屋を出て行った。普段のおっとりした女将さんからは想像がつかない、素早い動作だった。

「傷、深いのか?」

宏は、こぼれたつゆを拭《ふ》きながら尋ねた。

「ん……別に」

「ならよかった。……手が滑ったのか？　急に落としたようだけど」

「うん……ごめんね」

「いや、別にあまり気にしない方がいいと思うぞ。小鉢が割れたくらいで、女将さんも怒らないだろうし」

「……………………」

お嬢は顔を俯《うつむ》かせると、自分の左手をじっと見つめた。

「痛むのか？」

「ん……違う……その……ね。急に……ふっと力が抜けたの」

「力が？」

お嬢はこくんと頷いた。どうも、妙な雰囲気だ。普段のお嬢からすると、小鉢を割ってしまっただけで、これほど落ち込むとは思えないのだが……。

「お待たせしました」

戻ってきた女将さんは、手に絆創膏の箱と消毒薬と、それからスーパーのビニール袋を持っている。箱を逆さに振ると、絆創膏が一枚だけ出てきた。

「あ……一枚しかないようですね。では、午後にでも買いに行きますので、それまではこの一枚ですごしてください」

「いや、いいですよそんな」

おれは恐縮してしまったのだが、女将さんはにこやかに笑いながら首を振った。

「どのみち、買い物には毎日行っていますから。ついでです」

「そうですか……すいません」

ふと気がつくと、お嬢は女将さんの顔をじっと見つめていた。

あの無表情で……夕焼けに照り映えたような一対の眼球で、女将さんをじっと……。

「どうかしたか？」

「ううん。なんでもない……」

宏がそっと声を掛けると、お嬢は急に目が覚めたように首を振った。

目の前にある信じられない事実を振り払うかのように、強く振った。


「ふあ……あ？」

目覚めると同時のあくびが尻上がりになった。

辺りを見まわすと、部屋にいるのは宏だけだったのだ。

朝食を食べた後、この数日の疲れからか、宏は昼寝……もとい、朝寝をしてしまったのである。日の傾き具合からすると、もう午後になっていることは間違いないだろう。

「お嬢……？」

部屋にはお嬢どころか、アルキメデスの姿もない。

一瞬だけ、また出て行ったのでは……という思いが頭をよぎったが、昨日の今日でそれはないだろうと思い直す。出て行く理由などないではないか。

（トイレかな……？）

そう考えながら、宏は再びゴロリと横になる。

が——。

どたどたどたっ！

誰かが派手に廊下を走りまわる音が、響いてくる。小さな子どもを連れた家族でも、泊まりに来たのだろうか？

だだだっ！

「……あれ？」

なんとなく違和感を感じた宏は、身体を起こして耳を澄ませた。今のは子供の歩幅ではなかったような気がする。まるで大の大人が駆けまわっているかのようだ。

ばたばたばたっ！

（……間違いなく大人の足音だ）

訝《いぶか》しく思いながら廊下に顔を出した宏は、思わず自分の目を疑った。走っているのは旅館の仲居さんである。その後ろ姿が、慌ただしく廊下の角に消えた。

旅館の人がドタバタ走るのは初めて見る。

「……どうしたんだ？」

なにかが起こったのではないかという不安が湧《わ》き上がってきた。目には見えないけれど、確実によくないことが迫りくる雰囲気だ。

……と、廊下の向こうから仲居さんが走ってきた。

「あの……どうかしたんですか？」

宏が呼び止めると、仲居さんは急ブレーキで立ち止まり、大きく息をついた。

「ど、どど、どうしたも、こ、こうしたも……交通事故！」

胸に手をつき、ぱくぱくと口を開け閉めしている。

「え……？」

その言葉を聞いた途端、膝《ひざ》の力が抜けそうになり、慌てて柱で身体を支える。何故か膝の力が抜けて、胃がむかついた。

(お嬢が事故ったのか⁉)

姿が見えないことが頭にあったせいか、宏は瞬間的に最悪の考えに取《と》り憑《つ》かれた。吐き気が込み上げてくる。

だが、仲居さんが口にした言葉は、想像とは違っていた。

「お……おか……女将さんが……」


三十分後——。

宏は取り乱す仲居さんから詳しい事情を聞いて、女将さんが運び込まれたという常磐総合病院にいた。

受付にいた看護婦に尋ねると、女将さんはＩＣＵ——集中的な治療を受ける部屋に入っているという。つまり、それだけ切迫した状況だということである。

治療室の前の廊下には、たくさんの人がいた。

おそらく、「なると」の人や親しい人たちなのだろう。ある人は歩きまわり、ある人はうなだれ、ある人はベンチに座りタバコを吹かしている。

宏は、壁に張りつき、能面のような顔の群れをぼんやり眺めた。人望があり、人気もあった女将さん……だから、これだけの人が集まっているのだろう。

父親の葬儀の時とは違って、皆が沈痛な表情を浮かべている。

……そうして、どれほどの時間が経《た》ったのだろう。

暮れかけた夕陽が、窓ガラスの向こうを赤く染め始めた頃。

「ご臨終です……」

治療室から出てきた医師が、その場にいた人々に最悪の結果を告げた。

病院からの帰路、辺りは茜色《あかねいろ》に染まっていた。

夕陽を正面に受けて歩きながら、宏は、またしても泣くことのできない自分を持てあましていた。悲しくない……はずがない。他人とはいえ、女将さんとは長いつき合いだし、単なる旅館の客以上に親交もあった。

……なのに、父親の時と同じだ。

(おれはなにかが欠落しているのだろうか?)

それとも、あまりにも突然の出来事に、まだ感情が麻痺《まひ》したままなのだろうか?

自問自答を繰り返す宏に、スッと影が落ちた。

「…………?」

ふと顔を上げると、真《ま》っ直《す》ぐに延びたあぜ道にお嬢が立っていた。夕陽を背にしているので顔は見えなかったが、そのシルエットで分かる。

「お嬢……どこに行ってたんだ?」

「ごめんね」

「いや、謝ることじゃないけど……」

「あなた……女将さんのこと、好きだったもんね」

お嬢の言葉に、宏はハッとなった。

「女将さんが亡くなったこと、知ってたのか？」

「ううん。あなただけじゃない……旅館の人も、みんな女将さんが好きで……なのに……

ごめんなさい……」

「お嬢？　いったい、なにを言って……」

そこまで言って、宏は言葉を止めた。

（まさか……）

背筋が寒くなった。

もしかして、女将さんの事故に、お嬢がなにか関与しているのだろうか？

「謝ることなどないのです。それは……お嬢には関《かか》わりのない部分だ」

お嬢の腕の中にいたアルキメデスが、久しぶりに言葉を発した。

「……そうだろうとボクも思うよ。でもね……」

「お嬢、言ってしまったらどうなのです？」

「……っ！」

アルキメデスの言葉に、お嬢は息を呑《の》んだ。

「あなたはそれを欲しているのでしょう。隠しても、我が輩には分かる」

「でもね……言ったらだめなの……」

「確かにそれは、規約違反かもしれない。しかし……」

「ううん、違うの。そんなんじゃなくて……」

「では、なんだと言うのです？」

「…………………」

「なんの……話だ？」

　会話が途切れたところで、宏はそっと声を滑り込ませた。だが、アルキメデスは宏の言葉を無視して続ける。

「お嬢、あなたが言えないのなら、我が輩が言おう。お嬢の苦しみが少しでも軽くなるのなら……我が輩は、なんでもするつもりです」

「……ありがと。でも待って、ボクが言うから」

　お嬢はそう言うと、正面から見つめるように宏の方へと顔を向けた。陰になってお嬢の表情を読み取ることはできなかったが、その口調から大事な告白だと感じられる。

「アルキメデスの言う通りなの。言っちゃいけないって分かってるのに……それなのに、言ってしまいたいの。打ち明けてしまいたいの」

　シルエットの中で、赤いふたつの瞳が宏を捉《とら》える。はっきりとは見えないが、アルキメデスも宏を見つめているようだ。

なんだか、よく意味が分からないけれど……。

「お嬢の苦しみが減るなら。そう言ったなアルキメデス」

「左様」

それならば、宏はなにも迷うことはなかった。

「おれなら構わないぞ」

宏の言葉に、お嬢はかすかに……そして悲しげな微笑みを浮かべたような気がした。

「思い出して……」

「ん？」

「あなたのお父さんが亡くなった時……ボク、いなかったでしょ？」

「あ、ああ……」

確かにそうだった。

「女将さんが亡くなった時もボクはいなくて……その時、ボクがどこでなにをしていたか、分かるかな……？」

「…………？」

「ごめんね、分かるはずないよね……」

ふう……と、一息つくと、お嬢は覚悟を決めるように言った。

「ボクね、その時ね……魂をね、運んでいたんだよ」

「え……なんだって？　なにを運んでいた？」

聞き違いだと思った。

まだ女将さんの件で動揺している心が、おかしな幻聴を招いたのだと思った。

「魂」

「は、ははは……待って、冗談は……」

「稲葉、冗談ではないのだ……。冗談にできるのならいいのだが」

アルキメデスが、珍しく辛《つら》そうな口調で言った。

「だけど……魂を？」

「普通は運べないよね。けれど、ボクは普通じゃないから」

リーリー。

辺りが夕闇に包まれるのを待ちわびたように、虫の鳴き声が響き始めた。

遠くからは潮騒の音が聞こえてくる。

暮色だったはずの闇は、徐々に手で触れることができるほどの質感を持ち始めている。

「ボクはね……」

お嬢の唇が震え、ふたりの間の空気をも震わせた。

それは駄目だ。

やめてくれ……。

頭のどこかが、その後の言葉を拒絶していた。

その後の言葉を、宏は何故か知っているような気がしたからだ。

……だが、お嬢は言った。

「ボク、死神なんだよ」

第四章　魂を運ぶ者

その夜――。

食欲がないからと渋るお嬢をなんとか説得して、宏たちは膳《ぜん》を挟んで向き合っていた。

女将《おかみ》さんが亡くなったばかりだというのに、旅館はちゃんと機能している。まるで初めから女将さんなど存在しなかったかのように……。

食事を運んできた仲居さんが、ふたり分の膳を前にしておかしなことを口にした。

「お食事は、いつも通り『二人前』でよろしいですか？」

と――。

どうしてふたりいるのに、わざわざ確認されるのか？

いや……宏はもう理解していた。お嬢がいなくなった際、旅館の人たちに確認を取った女将さんも、困惑した表情を浮かべていたではないか。

彼らには――お嬢が見えていないのだ。

「ほら……少しは食べた方がいいぞ」

「うん……」

宏の言葉にそう頷《うなず》いたものの、お嬢は箸《はし》を取ろうとはしなかった。

もっとも、宏の膳もやっと半分ほどを消化しただけに留まっている。人が食べている姿を見れば、少しは食べたくなるかと思って無理やり箸をつけたのだが……。

宏は知らないうちに溜め息《たいき》を漏らし、そっと箸を置いた。

「死神……か」

その言葉に、お嬢はびくっと肩を震わせた。

お嬢のとても現実とは思えない話を、馬鹿馬鹿《ばか》しい……と、笑い飛ばすことができたら、どんなに気が楽だろう。だが、宏にはどうしてもそれができなかった。むしろ、お嬢の話を信じることで、今まで疑問に思っていたことがすべて氷解するような気さえする。

お嬢は肩を落とし、まるで手のつけられていないお膳を、じっと見つめていた。

目の前の……触れれば陽炎《かげろう》のように消え去っていってしまいそうな、この少女が……。

(親父《おやじ》や、女将さんを……？)

「先に言っておくが……」

まるで宏の心を読み取ったかのように、アルキメデスが重い口調で呟《つぶや》いた。

「死神とは、お主や大方の人間が理解しているようなものではない」

「……だったら、どんな存在なんだ？」

「魂の運び手。それ以上でもなければ、以下でもない。つまり、魂を刈り取る鎌《かま》など持ってはいないのだ」

「魂の……運び手……？」

「魂を移動させることだけが精一杯だ。死とは、そのような安易なものではないからな」

「だったら……いわゆる死神とは違うのか……」

宏はお嬢に視線を向ける。

「だから、お嬢は……死者の近くにいなければならないのか？」

「……そうだよ。だから、隠すんだ。だって……ボクのいるところに、死人が出るってことだから……」

お嬢は不意に顔を上げて、話し始めてから初めて宏の顔を見た。悲しげな声音とは裏腹に、そこにはなんの感情も見出すことはできない。

「周りの人は、そんなの嫌でしょ？」

「……人に嫌がられるから……だから、隠して？」

「そうなんだ。でもね……元からボクは、人と会うことはほとんどないから」

「……神社で野宿をしているから？」

宏は、初めて会った時のことを思い出してそう訊《き》いたが、お嬢は緩やかに首を振った。

「ボクはね……死に近い人にしか見えないから……」

「……死に……近い人？」

それが具体的にどういう人物を指すのかを、宏は咄嗟《とっさ》に理解することができなかった。

「だから、普通の人の目には入らないんだ。……隠すも隠さないもないんだよ」

「待ってくれ……死に近い人って、どういう意味なんだ？」

肌が粟立《あわだ》つ感覚に全身が襲われた。

宏には、お嬢の姿が見えているのだ。

「……これから、死んでしまう人」

「……………！」

「もしくは……自分の愛《いと》しい人が、死んでしまう人」

「……愛しい……」

「他《ほか》にもあるかもしれない……。ボクもよくは分からないから」

「………………」

もはや、宏にはお嬢の声は聞こえていなかった。慌ただしく記憶を掘り起こして、この数日のことを思い返す。

お嬢の姿が見えていたのは誰だ……？

(おれ、親父、女将さん、華子、そして——ちとせ⁉)

「まさか……」

馬鹿な考えだとは思いながらも、それを否定するものはなにもない。宏は押し寄せてくる不安を振り払うべく、笑い声を上げようとした。だが、喉《のど》の奥からは乾いた呻《うめ》き声《ごえ》しか出てこなかった。

「な、なあっ！」

宏は目の前にあった膳を乱暴に押しやると、お嬢に膝《ひざ》を寄せて、その細い肩を掴《つか》んだ。

お嬢の身体がゆらりと揺れる。

「ちとせなのか⁉　ちとせが死ぬのかっ⁉」

「…………………」

「やめてくれ……なあ、頼む、やめてくれよっ！　まだ……おれはまだ、全然あいつと遊んでやってないんだ！」

宏はお嬢から離れると、畳に額を擦《す》りつけんばかりにして頭を下げた。

「たくさん約束をしているのに……なにひとつ叶《かな》えてやってないんだよッ！　だから…」

「……無理だよ」

お嬢はぽつりと言った。

そのなんの感情も含まれていない声に、宏はおそるおそる顔を上げた。お嬢は膝の上に置いた手を、白くなるほど固く握りしめていた。

「……お主は、さっきの話をもう忘れてしまったのか」

「え……？」

アルキメデスの声に、宏はぼんやりと視線を送った。

「死神の鎌など持ってはいないと言っただろう。お嬢は、運び手に過ぎないのだ。それを制御する手段などはない」

「あ、ああ……」

だから……？

だから、女将さんの死も止められなかった……？

「……お嬢は分かっていたのか？　買い物に行ったあの人が、死ぬことになるって」

「当たり前だよ」

答えに躊躇《ためら》いはなかった。

もう、分かっていたはずなのに……宏は少なからず衝撃を受けた。

やはり、お嬢は自分たちとは違う種別の人間なのだろうか……と。

「やっぱり……言わない方がよかったかな？」

お嬢は話を始めて、初めて笑みを浮かべた。

「嫌だよね、こんなボク……嫌になったよね？」

「……そんなことはない」

自分でも驚くほど明快な答えだった。

正直、頭はこれ以上ないというほど混乱し、台風みたいに荒れ狂ってはいたが、その中心にある気持ちだけは、はっきりとしている。

「……ほんと？」

「ほんとだよ」

「嬉《うれ》しいな……へへへ」

花が開くように、お嬢はゆっくりと相好を崩した。

なんだか、久しぶりに笑顔を浮かべるお嬢を見ていると、種別が違うなどと思った自分をひどく馬鹿らしく感じる。

……目の覚めるような銀髪。透けるほどに白い肌。赤い月とも見える瞳《ひとみ》。

けれど、お嬢は普通の女の子だった。


翌日――。

ジリジリと太陽に焼かれるアスファルトの道を黙々と歩いて、宏はお嬢と共に実家へと向かった。このところゴタついていたが、久しぶりにちとせを見舞うことにしたのだ。

だが……実家には、ちとせの姿はなかった。

「ちとせちゃんなら病院に行ってるわよ」

宏たちを迎えた華子が言った。

村へ戻るための準備で、このところ華子はずっと実家で寝泊まりをしているようだ。

「病院って……またなにかあったのか？」

「別になにもないわよ。手術が迫ってきたから、その検査のために……よ」

「あ……」

忘れていたわけではなかった。ただ、考えないようにしていたことを、当たり前のように指摘されて心臓が大きく軋《きし》んだ。

……手術。

(盲腸の手術とかなら、気楽にしていられるのに……)

「じゃあ……病院の方へ行ってみるよ」

「病院へ？　なんのために？」

「なんのためって……」

華子の指摘に、宏は思わず返す言葉を失ってしまった。

「行ったって、どうせ会えないわよ。彼女だって、遊びに行ってるんじゃないんだから」

「それは……そうだけどさ」

確かに、病院まで行ったところで、ちとせと話す時間を持てるとは思えない。

それに入院して、ずっと帰ってこないというのならともかく、明日には家に戻っているというのだ。だとしたら、出直しても構わないだろう。

「じゃあ……またくるよ。ちとせにそう伝えておいてくれ」

「分かったわ」

愛想よく頷いた華子と別れ、宏は仕方なく今きた道を引き返し始めた。

ふと横を見ると、お嬢は小石を蹴《け》りながら歩いている。小石がどこに跳ねるのかを楽しみながら、くる時からずっと蹴り続けていた物だ。

あれほど仲がよかったというのに、お嬢は、ちとせの手術などまるで興味がないように見える。だが、人が生きるも死ぬのも、お嬢の意思とは隔たった場所にあるのだ。素っ気ない態度も当然のことだろう。

死に対して、一種の不感症にならなければやっていけないはずなのだから。

「あっ！」

「どうかしたのか？」

「石が田んぼの中に飛んでいっちゃったよ。せっかく、旅館まで頑張《がんば》ろうと思ったのに」

「…………………」

「残念だな……もっかいチャレンジしよ」

ひとりぼっちのお嬢。

あの世とこの世の狭間《はざま》にあるために、誰とも繋《つな》がりを持てないのだ。親しくなった人は、目の前から永久に消え失せていく。あるいは、その人の愛しい人の死に悲しむ。

……死神でさえなければ。

「あうっ……。またどっか行っちゃった」

「……なあ、お嬢」

「なあに？」

お嬢は白い歯を見せて微笑《ほほえ》む。宏は、この少女に悲しいだけのさだめを繰り返すだけではなく、なにか楽しいことをさせてやりたかった。

「あのさ……これから遊ばないか？」

「遊ぶ？　あなたと？　うん、いいよ。遊ぼ！　遊ぼ！」

宏の手を取ると、お嬢は嬉しそうにぴょんぴょんと飛び跳ねた。その動きに合わせて、リンリンと鈴が鳴り、銀の髪が優雅に舞う。

「それじゃ、なにをして遊ぼうか？　なにかやりたいことはあるか？」

「じゃあね……ボク、泳ぎたいな」

「泳ぐ……か。そうだな」

ごく無難な提案だったが、この季節でこの陽気なのだ。ある意味では最良の選択かもしれない。問題はどこへ行くか……だ。

「なるべく広い所がいいな。お風呂も、広い方が気持ちいいもん」

両手をいっぱいに広げて言いながら、お嬢はにこーと笑う。

「ああ、分かった」

宏はお嬢と一緒に商店街で水着を買うと、一時間ほど電車に揺られて、隣町にある海水浴場へと向かった。常磐村にも海はあるのだが、海岸沿いは岩場ばかりでまともな砂浜がないのだ。広いところがいい、というお嬢の希望に叶うようなものではない。

その点、海水浴場なら条件を満たしているだろう。移動に時間は掛かるが、まだ昼前なので帰るまでにはたっぷりと泳げるはずだ。

だが――。

「ふわ～……すごい人だね」

海水浴場は呆《あき》れるほどの人出だった。こんな暑い日だ。考えることは、みんな一緒らしい。確かに海と広い砂浜はあるが、この人混みでは泳ぐことさえ困難に思えてくる。

「あっ」

突然の声に横を見ると、お嬢が尻もちをついてキョトンと宏を見上げている。その横を、アイスを手にした男が不思議そうに辺りを見まわしながら歩いていた。

「あれ、なにかにぶつかったか……？」

男は不思議そうに首を傾《かし》げている。

(そうか……普通の人間には、お嬢の姿は見えないんだった)

あらかじめ聞いていたとはいえ、なんだか妙な気分だった。昨夜、お嬢の告白を聞くまで、そんなことは意識すらしなかったのだから。

「ほら……」

お嬢の手を取って立ち上がらせると、彼女はお尻を手ではたいて屈託なく笑う。

「やっぱり、人の多い場所は危ないね」

「……待てよ、確かこの辺りに人のいない穴場があったはずだ」

宏は数年前に華子とやってきたときの記憶を頼りに、海岸線に沿って歩き始めた。気がつけば、お嬢を立ち上がらせた時からずっと手を繋いだままだ。

(誰かが見たら、さぞかし滑稽《こっけい》な姿に見えるだろうな)

そう思いながらも、宏はお嬢の手を離す気にはなれなかった。

……十分ほど歩くと不意に人気が途切れた。

「わぁ！　人がいない」

道路や海の家からはかなりの距離があるので、誰もここまで来ようとはしないのだろう。だが、泳ぐ分にはなんの問題もない。

「お嬢……ほら、これ」

宏は、お嬢に紙でできた手提げを渡す。

「え……なに？」

「ほら、さっき水着買っただろ。店の人に適当に選んでもらったから、どんなものか分からないけど……」

「これに着替えるんだね？」

頷くと、お嬢は早速服を脱ぎ始めた。

「うわわっ、ち、ちょっと待てっ」

「ん……？」

一緒に生活していて不思議だったのだが、お嬢はこの手のことに無頓着《むとんちゃく》だ。まあ……普通の少女とは違うのだから、無理はないのかもしれないが、だからといって宏がこのまま着替えを見つめているわけにもいかない。

それに宏自身も着替えなければならないのだ。

「あ、お嬢、おれちょっとトイレな」

自分用の水着の入った手提げを手に、宏は岩場の陰まで歩いて行って、そこで着替えを済ませることにした。

「あ、もう水着」

水着になって戻ってくると、お嬢の着替えも終わっていた。

「ああ、ついでにな。それより、それは……」

「水着って、ぴったり身体に張りついて気持ちが悪いね」

お嬢はそう言いながら、居心地悪そうに水着の裾《すそ》を引っ張ったりしている。だが、宏が唖然《あぜん》としたのは、その水着のデザインだ。

（何故《なぜ》にスクール水着？）

お嬢の年頃《としごろ》を説明しただけなのが不味《まず》かったのだろうか、と宏は眉根《まゆね》をよせた。

「ん？　なに？」

「い、いや……別に。それじゃ、泳ごうぜ」

「待たれい。ワシはここに残るぞ」

お嬢の腕の中にいたアルキメデスが、宣言するように言った。確かにぬいぐるみが海に浸《つ》かるわけにもいかないだろうが……。

「せっかく来たんだ、お前も海を堪能《たんのう》しろよ」

「なに？　……わわ！」

宏はお嬢の手からひょいっとアルキメデスを奪い取ると、打ち寄せる波間へ向かって放り投げた。

「のわ〜〜〜!!」

「わ〜!!　アルキメデスっ!!」

お嬢がとてとてと海に向かって走っていくと、海に落ちる寸前のアルキメデスをダイビングキャッチした。

「はあ〜よかった。溶けちゃうかと思ったよ」

「海に浸かっただけで、溶けるかっての」

「心の臓がとまるかと思ったわ」

「お前には心臓はないだろ」

宏のツッコミに、アルキメデスは返す言葉をなくして沈黙した。

「それじゃ、泳ごっと」

お嬢は岩場の陰にアルキメデスを置くと、簡単な柔軟体操をした後、海へ向かって駆け出して行った。

「なぁ、泳ぐ時くらい帽子を脱いだらどうだ？」

「いいのっ。これはっ」

頬《ほお》をぷくっと膨らませると、お嬢はじゃぶんと海水の中に潜った。人魚のように水にためらいがなくて、微笑ましかった。

――が、すぐに外に出てくる。

「……忘れてたよ。ボク、泳げなかった」

「わぁ～。もう真っ暗だね」

常盤村の駅に降りると、お嬢はそう言って夜空を見上

げた。つられて見れば、七夕の日となんら変わらぬ星空が浮かんでいる。

長いはずの夏の陽も、落ち始めれば夜は早い。

「楽しいと、一日が過ぎるのが早いよね」

「……そうだな」

お嬢にずっと泳ぎを教えていたためか、全身に心地よいだるさが広がっている。

「さ、帰ろうよ」

そう言って、先に立って歩き出すお嬢。

だが、数歩行ったところで、急にしゃがみ込んでしまった。

「どうしたんだよ、お嬢？」

「う、う〜ん」

様子がおかしいことに気付いて声を掛けると、お嬢は宏の顔を見上げたまま、困ったような笑みを浮かべた。

「どうしたんだろう？　身体に力が入らないの」

「疲れたんだろう。……歩けそうもないか？」

「歩けるよ！　よっと……」

お嬢は勢いよく立ち上がったが、すぐにへろへろと座り込んでしまう。

「う……どうしちゃったんだろう」

「海で初めて泳いだんだ。仕方ないだろう」

宏は、不安そうな顔をするお嬢に背中を向けてしゃがみ込んだ。瞬時にその意図が理解できなかったらしく、お嬢は首を傾げた。

「ほら……おんぶするから」

「え、でも……」

「遠慮するなって」

「……ありがとね」

躊躇いがちな手が背中にあたった後、リンという音と共にお嬢の重みが背中に移った。

「よっ……おっと」

お嬢を背中に乗せたまま立ち上がろうとした宏は、思わずバランスを崩してしまいそうになった。想像していたより、お嬢の身体が軽かったからである。

「わ〜、高いな〜」

お嬢は視線の高さが急に変わったことに、無邪気な笑みを浮かべている。だが、宏は実感できないほど軽いお嬢の身体が、なんだか悲しかった。

「なあ……お嬢」

「ん……？」

返事がすぐ耳元から返ってきた。

「お嬢は、どうしてこの村にきたんだ？」

「……え〜とね、言われたの。ここに忘れ物があるから、探してこいって」

「忘れ物？　よかったら、おれも手伝うけど」

「う〜ん、でもね、ボクも分からないんだよ」

お嬢は曖昧《あいまい》なことを言った。

「ボクが、なにを探せばいいのか」

「ああ……そうか」

考えてみれば、お嬢には記憶がなかったのだ。

こんな状態なのに、忘れ物とやらが見つかるのだろうか？

そのことを質問すると、どうなんだろうね……と、お嬢は屈託なく笑った。

「探してこいって言った人に訊《たず》ねてみれば？」

「たぶん、教えてくれないよ。それになかなか会えないんだ」

「どこにいるんだ？」

「ん〜と、あっちかな」

宏の質問に、お嬢は星空を指さした。

「ん……？」

「ボクに探せって言ったのは、神様なんだ」

帰り道はまだ元気だったお嬢は、「なると」に着くと同時に寝込んでしまった。

額に触れてみたが、それほど熱が高いわけではない。ただひたすら眠り続けているだけのようなので、宏はひとまず安堵《あんど》した。

「はぁ……」

しかし、どうしてお嬢はこうも体調を崩すのだろう？

まだ出会って間もないというのに、宏がお嬢を看病したのは何度目になるか……。

「そう言えばさ、メデス」

「人の名前を略すな。失礼な」

人じゃないくせに……という言葉を飲み込んで、宏は部屋の隅に鎮座しているアルキメデスに問いかけた。

「死神だけの特別な病気とかあるのか？」

「知らぬ……我が輩の知る限り、今のお嬢に人の病がうつったことはない」

「じゃあ、死神は死なないのか？」

「死ぬことはない。死神はすでに死んでいる存在だからな。だが、消える……ということならある」

「消える？」

「稲葉……！」

アルキメデスが突然口調を変えた。鋭く厳しい声だ。

「お前がしなくてはならないのは、死後の世界を気にすることではない。今、これからをどうするか……だ。お嬢やちとせを……」

心の奥底にしまい込んで、できるだけ考えないようにしていたことを、急に目の前に突きつけられ、宏はギクリと身体を震わせた。

「どうするって……」

「お前は、いつまで考えているつもりだ？」

ふっ、とアルキメデスが笑ったような気がした。

「猶予はある。だが、それも無限ではない。考えても駄目なら、動くしかあるまい」

アルキメデスの忠告はひどく抽象的であったが、その言葉のひとつひとつに、宏は頷かざるを得なかった。

すべてに目をつぶって……。

すべてから逃げることなどできないのだ。

「……どうして、お嬢とちとせを会わせちゃったんだろうな」

宏は唇を噛《か》んで俯《うつむ》いた。

ずっと、ふたりの楽しそうな姿を見ていられればよかったのに、現実はやがて宏にひとつの決断を迫ってくるだろう。

お嬢と、ちとせ……。

ふたりの立場が相反する以上、そのどちらかを選ばなければならなくなるのだ。

「動け、稲葉。我が輩と違って、お前には人を抱く腕も、歩み寄ることのできる足もある。あがくだけあがいてみろ。それが人間だ」

「……ああ」

「ふっ……ぬいぐるみの言葉に、随分と素直ではないか」

「でも、お前は、ただのぬいぐるみじゃないだろう」

「……ただのぬいぐるみだった時代もあるのだ」

「え？」

宏は、アルキメデスに視線を向けた。薄暗い中で、それは怪しげな形をした黒い塊にしか見えない。表情を窺《うかが》いたいと思ったが、もとよりアルキメデスに表情などなかった。

「お前は以前、我が輩が可愛《かわい》くないと言ったな」

「でも、ほんとのことだ」

「失礼な。いや……我が輩にではない。作った人間に失礼だと言うのだ」

作った人間という言葉に、宏は首を傾げた。考えてみれば、ぬいぐるみである以上、作った者がいるのは当たり前なのだが……。

「我が輩を作ったのは、ひとりの少女なのだ」

アルキメデスはそう言うと、ぽつぽつと語り始めた。


キミを作ったのはね、わたしのお姉ちゃんなんだよ……。

わたし、毎日不思議に思っていたんだ。だって、お姉ちゃん、やってくるたびに、指の怪我《けが》が増えているんだもの。お姉ちゃんって、不器用だよね。

だって、キミ、猫に見えないもの。

でもいいんだよ。だって、それなりに可愛いから。


窓の側《そば》には、ベッドを置かないでって頼んだんだ。

だって、外を眺めていると、季節がちゃんと流れているのが分かっちゃうから。

春が来て、夏が来て……そしてまた、春。わたしを置いてけぼりにして時間が……世界が流れていっちゃうのが、分かるから。

好きな季節は、秋なんだ。紅葉の赤がね、光を透かして部屋の中に入るから。

上半身を起こして、部屋の中をじっと眺めているの。

赤い色……いつも真っ白な部屋が、その時だけ違う色に変わるの。
キミが黒いのも、そのせいかもしれないね。
わたしお姉ちゃんに、白は嫌いって言ったから。
白い部屋は嫌だって……そう言ったから。

最近ね……身体がだるいんだよ。前より、苦しいんだよ。
わたし……どうなっちゃうのかな？
………。

あ、そうそう……キミにね、プレゼントがあるの。
わたし、少しずつだけど、一生懸命に作ったんだ。
ほら、これ。よくできているでしょ？　キミより、よくできているかもね。
鎌なの。
これを、キミにあげるね。
そして……もし……もしも、だよ。
もしかして、死神がやってきたら、こう言って欲しいの。
『この女の子は我が輩の獲物だ。だから、お前などお呼びではない』

「…………………」

「惜しむらくは、我が輩は本物の死神ではなかったことだ。……もっとも、死神とはあの少女が理解していたような代物でもないのだが」

薄暗い中、悲哀を帯びた声音でアルキメデスは語った。けれど、それは宏自身がそう感じただけのことかもしれない。彼に声帯などないのだから……。

「その子……死んだのか？」

「……我が輩は、少女の願いから生まれた命だ。しかし我が輩が役割を演じることは、遂《つい》になかった。遅すぎたのだ」

「…………………」

「我が輩は、生まれた時から、既にその存在の意味が失われていた。しかし、だからと言って、いたずらにゴミの山に埋もれることもないだろう。少なくとも、我が輩はそう思うようにしている」

アルキメデスの話を聞きながら、宏はふとちとせのことを思い出した。

ちとせも、あの部屋の中で……ひとりぼっちで、人形なんかに話しかけているのだろうか？　アルキメデスのように答えてもくれない人形に……。

「少々喋《しゃべ》り過ぎた。我が輩も寝ることとしよう。お嬢は、お主が看《み》ていてくれるなら……安心だからの」

「お前でも……眠るのか？」

少しからかいの意味を込めてそう言ったが、答えは返ってこなかった。

本当に眠ったのか、狸《たぬき》寝入りなのか、区別などつかない。

「…………………」

宏は、何気なくお嬢の銀髪に触った。心地のよい感触。気のせいか、お嬢の表情が弛《ゆる》んだような気がした。その顔を見ているうちに、ふとあることに気付いた。

「メデス……お前とお嬢は、どうして出会ったんだ？」

その答えは返ってこなかった。

さっきのように……。

翌朝――。

味気ない食事を取っていると、その背後でお嬢が起き出す気配があった。

「起きたか。身体の調子はどうだ？」

「うん……」

宏の問いかけに、お嬢はパチパチと目をしばたたき、焦点の合っていない目で辺りをぼんやりと見まわしている。

「おい、お嬢？」

「うん……起きてる……」

「食欲はあるか？」

見ただけでも、調子が悪そうだと分かる。訊くだけ無駄なような気もしたが、食べないと余計に消耗してしまうだろう。

だが案の定、お嬢はゆっくりと首を振った。

「なあ、医者に行った方がよくないか？　どう考えても普通じゃないぞ」

「でも……姿が見えないから」

「あ……」

そのとおりだった。

だからこそ、お嬢は前も、医者には行きたがらなかったのだ。

「ボクね、初めて海で泳いだから、少し疲れちゃっただけなんだ。ほんとだよ……」

それが強がりであるのを承知しながら、宏は黙って相槌《あいづち》を打った。

「こんなの、すぐに治るから……」

「じゃあ……お昼は店で盛りソバでも買ってくるよ。それだったら、食べられるかもしれないだろ。あ、それともそうめんの方がいいか？」

わずかに微笑み、お嬢は頷いた。

「ありがとうね……」

「そうめん？　別に、気にするなって」

「それじゃなくて……倒れた時、いつも看病してくれるから」

「別に、たいしたことじゃない」

「でも嬉しいから。夜中とかにふっと目が覚めて、あなたが側にいるのが分かると、すごく安心するから。だから……ありがとね」

そう言うと、お嬢は再び布団の上にころりと横になった。まだ起きていられないほど疲労しているのだろうか……と、宏はお嬢の顔を覗《のぞ》き込んだ。

お嬢は横になったまま、じっと天井を見つめている。

「……ねえ、チーちゃんて病気なんだよね」

「え？　あ、ああ……」

どうして急にそんな話を、と訝《いぶか》りながらも宏は反射的に頷いた。

「前から不思議に思ってたこと……訊いてもいい？」

「おれに答えられることならな」

どんな病気なのか？と訊ねられたら、宏には満足に答えられない。

詳しくは知らないのだから。

「どうして、チーちゃんは看病してあげないの？」

「…………！」

いきなり頭を殴られたほどの衝撃を受けた。

お嬢の顔はあくまでも無邪気で……だから尚更、宏は動揺してしまった。

「そ、それは……お付きの看護婦さんがいるし……俺なんかがいても意味ないから……」

「意味……ないの？」

難解な言葉が飛び出してきたように、お嬢は目を丸くした。

「だって、おれがいたってあいつの心臓はよくならないし……」

「そんなこと関係ないよ」

お嬢はそう言って宏を見つめてきた。なんだか心の中にくすぶっていた罪悪感が一気に噴き出してきそうで、思わずその視線から逃れるようにして俯いた。

「だって、あなたがいたら、チーちゃん喜ぶよ。知らなかったの？」

「いや……それは……」

「ね、すっごく意味ある」

まるで諭すようなお嬢の声に、宏はそっと顔を上げた。

そこには、優しげな笑みがあった。

「チーちゃんが喜ぶんだもん。大事な大事な意味……でしょ？」

「あ、ああ……そう……だな」

そう認めると同時に、宏は酷《ひど》い悔恨に襲われた。

どうして、ちとせと、もっと長くの時間を過ごさなかったのか。

もっと、早くこの村に帰ってくればよかった……と。


昼食後、お嬢に散歩に出てくると称して、宏は実家へ向かった。

ちとせが家に戻っているかと思ったのだが、予想に反してまだ病院にいるという。手術が近いだけに、検査も念入りに行われているのだろう。

宏は再び来た道を戻ると、今度は常磐総合病院へと足を向けた。

さすがに地元では有名だけあって、稲葉の名を出すと、受付の人はわざわざちとせが寝ている病室まで案内してくれた。

「あ、れ……？」

ドアを開けると、壁際のベッドで寝ていたちとせが、入ってきた宏を見てごしごしと両手で目を擦った。

「あ……やっぱりお兄ちゃんだ」

「まあ、なまはげじゃないな」

宏の言葉に、ちとせはクスクスと微笑む。

「うん。だってわたし、いい子だもの」

「ごめんな。病院にまで来て」

「ううん。でも、どうしたの？」

ちとせは目をくりっと見開いて、軽く首を傾げた。

「おれさ……」

側にあったパイプ椅子《いす》を引き寄せて座りながら、宏はちとせの髪をそっと撫《な》でた。

「この村に住むことにするよ……ちとせと一緒に」

「え？　で、でも……施設は？　お友達とかは？」

「そりゃ、もちろん出るよ。友達にも頻繁には会えなくなるだろうけれど、今生の別れになるってわけでもないしな」

「そう……」

ちとせは心なしか浮かない顔をして、俯いてしまった。

「どうかしたか？」

頭に手を乗せたまま、ちとせの顔を覗き込むと、きれいな瞳が少し潤んでいる。その潤んだ瞳が、不意に宏に向けられた。

「お兄ちゃん……無理してない？」

「……無理？　なんのことだ？」

「だって……昔言ってた。稲葉の家には絶対に住みたくないって。施設を出たら、どこか他の場所で生きていくって……」

「い、いや……それは……」

父親に強い反発を感じていた頃、確かに言ったことがあったかもしれない。

だが、それは子供の強がりでしかなかったのだ。

「気が変わったんだよ。今では、この常盤村に戻りたい気分なんだ」

「……あ、分かった！」

ちとせはふとなにかを思いついたように、ぽんと手を打った。

「お姉ちゃんになにか言われたんでしょ？　やだなあ、お姉ちゃんは鋭いようでどこか抜けている人なんだから」

あんまり本気にしちゃ駄目だよ……と、ちとせは笑った。

だが――。

「ちとせ……ごめんな。今まで、側にいてやらなくて」

「え？」

「それに……笑顔ばかり押しつけさせて」

いつも笑っていたちとせ。

不安も辛《つら》さも、悲しみも焦燥も……その仮面の下に押し隠し、自分の言動で周囲が悲しむことを恐れていた。だから、いつだって笑っていなければならなかったのだ。

「手術、迫ってきたよな」

「う、うん……」

「不安か？」

「……う、ううん、そんなことない。……だってほら、麻酔が効いているうちに手術、終わっちゃうし」

無理やりに笑顔を浮かべようとして、ちとせの顔が歪《ゆが》んだ。宏はそんなちとせの肩に手をまわすと、その小さな身体をぐっと引き寄せた。

「あ……」

宏の胸に顔を埋める形となって、ちとせは小さく声を上げた。

「ごめんな……ほんとは、おれがこんなこと言っては、いけないのかもしれないけど……おれは不安だよ」

その言葉に、ちとせの身体がぴくんと震えた。

思えば……宏はずっと不安だった。だが、自分にはどうしようもない。ちとせを守ってやることも、助けてやることもできない。

だから、その無力感からいつでも逃げ出していた。考えないようにしていた。

「お兄ちゃん……」

「だけど、これからはちとせの側にいて、ちとせのことをたくさん考えるようにする。ちとせが不安じゃないって言うなら、おれが代わりに不安になる。代わりに悲しんで、代わりに怖がるんだ。どうだ？」

胸の中で、ちとせがクスッと笑った。

「お兄ちゃん、とってもヘンなこと言ってるよ。側にいてくれるなら、代わりじゃなくて、一緒に……でしょ？」

ちとせはそっと顔を上げて、正面から宏を見つめた。

笑顔を浮かべていたが、瞳にはいっぱいの涙を浮かべている。

「そして、一緒に笑うの」

「ああ……そうかもな。ヘンなこと言ってごめんな」

「うんん……それだったら、わたしだってヘンだよ。だって……涙が出ているのに、とっても嬉しいんだもの」

ちとせは再び宏の胸に抱きつくと、ぐりぐりと涙を拭《ぬぐ》うようにシャツに顔を押しつけた。

そして、顔を上げる。ちとせは、泣きながら笑っていた。

「嬉しいのに、泣けちゃうの。これも……ヘンだよね？」

「……ヘンじゃない」

宏はもう次の言葉を発することができなくて、ただ、ちとせの頭をくしゃくしゃとかきまわした。それが呼び水になったように、ちとせの顔がくしゃっと泣き崩れた。

「う、うう……お兄ちゃん……」

胸に顔を押しつけてくるちとせの細い身体を、宏はそっと抱きしめた。すごく小さくて、頼りなくて、でも温かい。宏は……初めてちとせの泣き顔を見た。

……もっと早く抱きしめてやればよかった。

今まで我慢してきた分を清算するように、ちとせは声を上げてたくさん泣いていた。

母親が死んで、父親も死んで……。

(それでもこいつはおれを頼らなかった)

誰にも涙を見せず、ひとりだけで泣いていた。流れ出そうな涙をせき止めるために、笑顔ばかりを浮かべていた。

ひどく遠まわりをしていたけれど……。

ようやく宏は本当の「お兄ちゃん」になれたような気がした。


宏が「なると」に戻ったのは、そろそろ日が暮れる頃であった。

そっと部屋の襖《ふすま》を開けると、お嬢はまだ寝入ってしまっているらしく、中から静かな寝息が聞こえてくる。ゆっくりと部屋に足を踏み入れてお嬢の寝顔を覗き込んでみた。

うなされているわけでもなく、安らかな寝顔だ。どうやら少しは持ち直したらしい。

だが――。

部屋を見まわした時、どこかに違和感を感じた。宏が出て行く前とはなにかが違っている。その原因を探して改めて辺りを見まわすと――。

「…………！」

（まさか……こんな身体で？）

宏は少し迷ったが、部屋の隅にいたアルキメデスを持ち上げた。

「おい、稲葉――？」

「静かにしろ……」

黒いぬいぐるみをぶら下げて部屋を出ると、宏は「なると」の裏手にある岩場へと向かった。ほとんど人が訪れることのない場所なので、ここならぬいぐるみと話す……という滑稽な場面を目撃されることもないだろう。

「……なんだいったい」

「メデス。お嬢はどこに行っていた？」

部屋に入った時の違和感――。

それは普段お嬢が着ている服が、宏が出掛ける前とは違う場所に置かれていたことだ。

考えられることはひとつ。

「あの身体で出掛けたんだろう。なにをしてきた？」

「……お前の考えている通りだ」

お嬢がひとりで……それも、衰弱した身体で出掛けなければならない用事。

魂を――運ぶこと。

「なんでだ……そんなに死神の仕事が大切なのかよ!?」

「稲葉……」

「あんなにボロボロなのに……神様ってやつがいて、そいつに命令されているのか？」

……もしそうなら。

(神だろうがなんだろうが、おれが殺してやる！)

「少し落ち着け、稲葉」

アルキメデスが困惑したような声で言った。いつの間にか、宏はアルキメデスの身体をグイグイと握りしめていたようだ。

「あ……すまない」

「いや、お嬢のためと思えば些細《ささい》なことだ。……だが、お前の気持ちも分かるが、これは誰かがやらなくてはいけないんだ」

「どうして……どうして、それがお嬢なんだよ？」

宏は頭を抱えて岩場の上に腰を下ろした。

「……死神がどうやって生まれるか知ってるか？」

アルキメデスがぽつりと言った。その声につられて宏は手の中のアルキメデスを見たが、その顔からは表情は窺うことができなかった。

「いや……知るわけないだろう」

「死神はな……皮肉なことに優しい魂だけがなれるんだ。優しい魂がなんらかの事情できちんと彼岸に運ばれなかった時、彷徨《さまよ》って彷徨って、行きつく先が——」

「まさか……」

「そのまさかだ。お嬢はな、自分の辛さを知っているから頑張るんだ。魂がしかるべき場所に運ばれなかった時の辛さを、身をもって知っているからな」

ずっとお嬢を見つめ続けてきたアルキメデスの言葉には、逆らいようのないほどの重みがあった。

「だからお嬢は、誰にも気付かれず、誰にも見えず……死にばかり関《かか》わって、泣き顔ばかり見ていかなければならない生活を半世紀も続けているのだ」

「そんなのありかよ……」

宏は自分の声が割れていることに気付いた。

お嬢は長い間、人と交われず、友達もなく、ずっと子供のままで過ごしてきたのだ。

いったい、いくつの別れを見てきたのか？

楽しげに走りまわる子供たちを見てなにを思ったのか？

お嬢の孤独感を想像することはできたが、理解することはできなかった。

「稲葉……ありがとう。お前には感謝している」

アルキメデスの唐突な感謝の言葉に、宏はようやく理解できたような気がした。

お嬢とアルキメデスがどこで出会ったのかを、そして……どうしてお嬢の魂がきちんと運ばれなかったのかを。


もし……。

もしも、だよ。

もしかして死神がやってきたら、こう言って欲しいの。

『この女の子は我が輩の獲物だ。だから、お前などお呼びではない』

アルキメデスは少女の願いから生まれた。

だが、彼が役割を演じることはなかった。遅すぎたのだ。

『我が輩は、生まれた時から、既にその存在の意味が失われていた』

第五章　愛すること

夕暮れ時――。

田んぼの真ん中では、カカシが夕陽を浴びて佇《たたず》んでいる。

どこか懐かしく感じる風景。その風景を眺めながらあぜ道を歩いていた宏は、ふと思い出したように、隣を歩くお嬢に尋ねた。

「なあ、お嬢」

「んー?」

「そういや、前に忘れ物を探しているとかって言ってたよな? それって、まだ見つからないのか?」

「うん……見つからないよ。あんまり探してないしね」

お嬢は空を見上げながら、どこか元気のない声で答えた。

この数日、お嬢は寝たり起きたりの生活を繰り返している。本人は疲れただけだと言い張っていたが、原因が分からないだけに心配であった。

だが、調子のいい時は元気に過ごしているし、今日もちとせの見舞いについてきて、ふたりでマンガの感想を言い合ったりしている。

その様子を見ている限り、それほど深刻な病気とかではなく、本人の言うようにただの疲れや夏バテの類《たぐい》なのだろうかとも思うのだが……。

「どうして? それを見つけるためにこの村にやってきたんだろ?」

「うん、でもね……ボクが、ほんとにそれを見つけたいのかどうか……分からなくて」

確かに、お嬢がそれを見つけるために、村中を歩きまわっていたという印象はない。だが、悩んでいるということは、その忘れ物に執着はしているのだろう。

(見つけたいのに、見つけたくない物ってなんだろう?)

「でも……それでいいのか?」

「分かんないよ。たぶんよくないんだと思う。でも……なにを探せばいいのか、ボクにはそれも分からないんだよ」

「………………」

「大切で大切で……けど、なくしちゃった物だと思う」

「大切な物なのに……それなのに、見つけたいのかどうかも分からない?」

それはいったい、なんなのだろう?

お嬢と出会ってから始まった夢。

宏と出会ってから倒れるようになったお嬢。

そこになんらかの関係があるような気がして、宏は落ち着かない気分になった。

「……あれ?」

お嬢と歩きながら、なにか普段と違うような気がしていたが、ようやくその違和感がなんなのか気付いた。お嬢はいつものようにアルキメデスを抱えていないのだ。

「お嬢。メデスはどうしたんだ？」

「うん……チーちゃんの部屋に残るって」

お嬢は少し寂しそうに笑った。

「残るって……ちとせが貸してくれって言ったのか？」

「ううん、違うよ。アルキメデスがそう言ったの。ここに残るって」

「……どうして？」

「さあ、なんでだろう。ボクには分からないや」

「…………………」

「でも……なんだかね、アルキメデスとは、もう二度と会えないような気がするんだ」

それはどういう意味なのだろう？

お嬢の横顔に表情は浮かんでいなかった。目は、真《ま》っ直《す》ぐに正面の暗闇《くらやみ》に向けられていて、訊《き》くのが少し怖かった。

「でもね、寂しくはないんだよ。……いつかは別れるんだから」

ぽつりと呟《つぶや》くお嬢の言葉の意味が、宏には分からなかった。


いつも見る夢……。

宏には、あの数多くの視線の正体が分かり始めていた。

もちろん確証などないが、その想像が真実ならば悲しいことだ。

何故《なぜ》なら……彼らはあそこから決して逃げられない。出口などどこにもなく、永遠にこの世界を浮遊し続けることしかできないだろう。

彼らにできるのは、相手を——自分たちを送り込んだ相手を見つめるだけ。

そして、彼らが見つめているのは宏ではなくて……。

「うっ……ううっ！」

「……お嬢？」

宏は、微《かす》かな呻《うめ》き声《ごえ》に目を覚ました。

慌てて身体を起こすと、隣に寝ていたお嬢が苦しそうに顔を歪《ゆが》めてうなされている。

「うっ……うう……助け……て」

「お嬢っ⁉」

頬《ほお》に手をあてて呼びかけると、お嬢の目に溢《あふ》れていた涙が頬を伝って落ちた。

「ごめん……ごめんなさい……」

「お嬢……大丈夫だ……おれはここにいるぞ！」

「……あ」

ハッとお嬢が目を開けた。瞳《ひとみ》には恐怖の色が浮かんでいたが、目の前の宏の顔を見て安心したのか、少しホッとしたような表情を浮かべた。

「お嬢……」

流れ落ちる涙を拭《ぬぐ》おうともせず、お嬢はぼーっと辺りを見まわした。まるで、ここが現実世界であることを確認するかのように。

「夢を見たんだよ……」

彷徨《さまよ》っていた視線が、宏に戻ってきた。

「たくさんの顔に囲まれて……みんながボクを責めるの」

「え？」

「みんなが言うの……ボクが笑うのはずるいって。みんなを殺しておいて、あなたやアルキメデスや、チーちゃんと一緒に幸せに遊ぶのがずるいって……」

お嬢はそう言って寂しく笑う。

（やはり、あの夢はお嬢の夢だったのか）

死神として……人の死に立ち会う存在として、お嬢は優しすぎる。人の魂を運ぶ役割を負いながら、ずっと良心の呵責《かしゃく》に耐え続けていたのだろう。

「お嬢はずるくないぞ……」

宏はそっと手を伸ばして、お嬢の頬を伝う涙を拭った。

「メデスから聞いたんだ。死神の仕事は誰かがやらなきゃいけないって。とても辛《つら》いのに、お嬢はみんなのために頑張《がんば》ったんじゃないか」

誰もお嬢を責めたりなんかしない……責めたりなんかできるものか。

「ずるいよね……ボクは死神なのに、消えるのが怖いんだよ」

「…………」

「みんなみんな、死ぬのが怖かったはずなのに、ボクはなにも感じなかった。やっぱり、死神は人と関《かか》わっちゃいけなかったんだよ」

「お嬢……」

「だって、こんなに辛くて苦しいんだよ！　……ボクは弱虫で、ずるくて——」

「もういい」

宏は震える小さな身体を抱きしめた。

「おれも、ちとせも華子も、みんなお嬢のことが好きだから」

今だけは静かに眠って欲しかった。

お嬢の涙が胸を濡《ぬ》らす。心の痛みは伝わるのか、胸がしびれた。

お嬢の嗚咽《おえつ》と波の音を聞きながら、宏は朝がくるのをじっと待った。


翌日、また高熱で寝込んでしまったお嬢の看病に追われ、宏が仮眠を取ったのは夕方近くになってからのことであった。

いつもの夢……お嬢と同じ夢は見なかった。

代わりに見たのは違う夢。


幼い頃《ころ》、カカシは宏の神様だった。

姿の見えない神社の神様に祈るよりも、カカシの方が人の形をしているだけに、返事をしてくれそうに思えたからだ。

それに宏はお小遣いをもらえなかったから、お賽銭《さいせん》を払うこともできなかった。

『母さんの身体がよくなりますように……』

お祈りはいつもそこからはじまる。

あの怖い女の人が、もう少し僕に優しくしてくれますように。

お小遣いももらえますように。父さんがもっと家にいますように。

『それから、それから……』

カカシはいつだってそこにあった。

風に吹かれて布がはためいて……それがまるで、空に祈りを運んでくれるようだった。

『なにをやっているの？』

目を開けると、そこにひとりの少女がいた。

夕暮れ時は魔物に会うという話を、華子から聞いたことがある。ちょうど、陽が沈みかけた時間だったので、初めは少女が魔物に思えた。

『……誰？』

すると少女は、ちょっと顔をしかめた。

『名前はね、言えないんだよ』

『どうして？』

『この国の言葉では、口では言えないんだよ』

そう言われて、宏は改めて少女が自分と少し違っていることに気付いた。夕日みたいな瞳。雲みたいに白い肌。星明かりみたいな銀髪。

『そっか、外国の人か』

『ん〜……ま、そんなところ』

少女は、にこーと笑った。見ているこっちまで、嬉《うれ》しくなるような笑みだった。

『なにをやっていたの？』

『う〜ん………』

祈りのことは誰にも言えなかった。

言ったら、効力がなくなってしまうような気がして、宏は誤魔化《ごまか》すことにした。

『待ってたんだ。誰か来ないかなって。遊び相手になってくれる誰かが』

『ほんと？　やった！』

不思議な猫のぬいぐるみを抱いた少女は、嬉しそうにぴょんぴょんと飛び跳ねた。

その日から、ふたりは友達になった。


目覚めた時、断片的な記憶が蘇っていた。

『ボクとあなたって、どこかで会ったことなかった？』

以前、お嬢はそう言っていた。あれは間違いではなかったのだ。

ずっと以前に……宏はお嬢と出会っていた。

だとしたら、お嬢の忘れ物を宏は知っているのかもしれない。

……たとえ記憶にはなくても。


「ふぅ……」

宏は病院のロビーにあるソファーに座ったまま、大きな溜《た》め息《いき》をついた。

すでに消灯時間を過ぎているので、周りに入院患者の姿はない。その薄暗いロビーで、宏はさっきまでのアルキメデスとの会話を思い出していた。

「わざわざこんな時間に来てまで何用だ？　ちとせが起きた時に我が輩がいないと、大変なことになるのだが？」

「知ってるよ。おれだって、お嬢に内緒で抜け出してきたんだからな」

ちとせの腕の中から借りてきたアルキメデスをソファーに立てかけると、宏は前置きなしでいきなり本題に入った。

「お嬢の忘れ物ってなんだ？」

「……それを知ってどうする？」

アルキメデスの声は普段と変わらなかった。

「見つけるのさ……おれが忘れ物を」

宏は、お嬢の忘れ物とやらが、彼女の身体に関係があると確信していた。おそらく、その忘れ物を見つけない限り、お嬢はこのまま衰弱してしまうであろうことも。

「お嬢はなにを忘れたんだ？　まっとうな品じゃないはずだ。このままなにもしないでお嬢が弱っていくのを見ているのは嫌なんだ」

「ぬいぐるみは……それ自身が熱を持つことはない」

「は？」

「人に抱きしめてもらえねば、夏でも冷たくなるしかない。そして、それは人も同じだ。

人との接触を——友情や愛情を受けて育たなかった子は、やがて限界を迎える」

「……お嬢のことを言ってるのか？」

「我が輩をいくら抱こうとも、お嬢が温もりを知らぬ限り答えはでない……だが」

アルキメデスはそこで一旦《いったん》言葉を切ると、少し口調を変えて言った。

「お嬢のことはお前に任せてもよさそうだな。……探し物はもうすぐ見つかるだろう」

「……おい、なに自己完結してるんだよ」

「我が輩はもう眠る」

「あっ、おい！　都合が悪くなると眠るのはやめろよ！」

宏はアルキメデスを掴《つか》むとぶんぶんと振りまわした。だが、本物のぬいぐるみになってしまったかのように、アルキメデスは動かなかった。

（あいつはなにを知って、なにをしようとしているんだろう？）

突然、お嬢の元を離れてちとせと共にいるアルキメデス。宏には、彼がなにを考えているのかまるで見当がつかなかった。

——と、その時。

「……っ⁉」

不意に人の気配を感じた宏は、ハッと顔を上げた。

すぐ目の前に……華子が立っていた。

「お、お前……」

まったくと言っていいほど足音などしなかった。

そもそも、どうしてこんな場所に華子がいるのだろう？

驚きのあまり声を出すことができなかった宏に、華子は今まで見せたことのないような笑みを向けてきた。

「こんばんは、暑くていい夜ね」

「………………」

「こんな時間にどうしたの？　あの子についてあげてなくていいの？」

「……お前、誰だ？」

自然に口が動いていた。

――違う。

宏は思わずソファーから腰を浮かせた。目の前にいる女は華子ではない。姿形は紛れもなく、何年も前から目にしてきた華子である。

しかし……。

「なに言ってんの？　わたしは……」

「お前は何者だ？」

宏が被《かぶ》せるように言うと、華子は開き掛けた唇を閉じて固く結んだ。

瞬間――その場の空気が凍る。夏だというのに、宏は肌を針で刺されるような寒さを覚えた。本能が関わることを拒んでいる。

だが、宏はじっと彼女を見つめて次の言葉を待った。彼女も宏に視線を返し、レンズの奥から見据えている。

一瞬とも永遠とも思える時間を経て、彼女はゆっくりと言った。

「私の名前は千夏《ちなつ》……千の夏。いつまでも同じ夏をめぐる者です。もうご承知のようですが、この身体は華子さんにお借りしているのです」

チナツ――千の夏？

華子の身体を借りている？

様々な疑問が頭に浮かんだが、宏が一番知りたいことは別のことであった。

「……お前はいったい、なんのためにここへ――おれのところへきたんだ？」

「あなたに……というわけでは、なかったんですけどね」

千夏は苦笑するように言う。

「もうすぐいなくなってしまう、大切な人に……さよならを告げに」

「え？」

大切な人と言われて、宏は咄嗟《とっさ》に数人の人間の顔を思い浮かべた。だが、その中でこの場にいるのはひとりしかいない。

「ちとせ？　……え、まさか」

目の前にいる千夏の正体を察して、宏は頭を殴られたような衝撃を感じた。

「……お前も死神なのか？」

「ええ、ある意味では……」

誤魔化そうともせず、千夏は真剣な表情で答えた。

頭が混乱して頭痛がした。なにがなんだか分からない。だが、もし目の前の千夏という女性が本当に死神なら、宏はなんとしてもちとせを守らなければならない。

「……行かせないぞ。おれの命を懸けたって、あいつだけはお前にはやらない」

宏の真剣な様子を見て、千夏はくすりと笑った。

「安心して、ちとせちゃんに用があったわけではないの」

「え⁉　ちとせじゃないのか？」

「本当よ」

千夏の言葉に、宏は溜め息をついてソファーに腰を落とした。

「あぁ……そうか」

自分の早とちりに、宏は思わず笑みをこぼした。もっとも、千夏が誰かの魂を看取《みと》りにきたのだとしたら、本当は笑ってはいられないのだが。

「じゃあ……大切な人って？」

宏はそう質問したが、千夏はかすかに寂しそうな笑みを浮かべただけで答えようとはしなかった。それよりも……と、わずかに宏に近付きながら囁《ささや》くように言う。

「あなたに伝えたいことがあります。あなたが、お嬢と呼んでいる子を救う方法を」

「……なに？」

「このままでは、あの子は死んで……いえ、消えてしまいます」

それは取り乱してもおかしくない言葉だったが、宏は妙に落ち着いて受け止めることができた。心のどこかで、あるいはそうかも知れないと察していたからである。

「どうすればいい？　どうすればお嬢を助けられるんだ？」

「あの子を救うには……私が、あの子のもとへと還らなくてはいけない」

「還る？　それはどういうことだ？」

千夏は宏の質問に答えず、ふっと背後を振り返った。その視線の先にはなにもなかったが、おそらくお嬢がいる方角であろうことだけは分かった。

「私は……あの人の一部ですから、忘れ物は届けなければならないのですよ」

千夏は微笑《ほほえ》んだ。

華子の顔だけど、それは千夏の笑みだった。

「千夏が……お前が……忘れ物？」

「欠けていては駄目なのです。私たちはひとつにならなければ。こぼれ落ちていく生命を受け止めるために……」

「………？」

「あの、約束してください。私のことをあの子に話すのは、もう少し待ってください」

「どうして？」

宏としては、今すぐにでもお嬢を助けてやりたいのに、千夏は何故か心許《こころもと》ない……浮かない顔をしている。

「まだ早いんです。時がくれば自《おの》ずと答えは出るでしょう。それに……あなたのためにも、今は教えないほうがいいのです」

まるで意味が分からない。反問しようにも、千夏の瞳がそれを封じている。

「まだあの子は私を受け入れてくれない。私を捨てた時の心が……未《いま》だあの子を苦しめているのです。だから……」

不意に、すっ……と視界が翳《かげ》った。

「あの子の苦しみを取り除いてあげて……」

一陣の風渦が吹き、額を撫《な》でていった。リノリウムの床を這《は》う風が、空気と一緒に運んでいってしまったのか、気付くと千夏の姿は消えていた。

そんな人物など初めからいなかったかのように……。

ちとせの手術の日――。

めずらしく華子が「なると」にやって来た。

「誘いにきたんだよ」

それまでは、もう手術が終わるまで会えないという話だったが、短い時間なら特別に面会してもよいという許可が出たらしい。相変わらず体調を崩したままのお嬢が気になったが、昼寝中だということもあって、宏は華子と一緒に病院へ出向くことにした。

もしかして、これがちとせと会える最後かも……と、いう思いが頭をよぎったからだ。

(……縁起でもない)

宏は大きく首を振ると、浮かんできた不吉な思いを振り払うように、目の前を歩く華子に声を掛けた。

「なぁ華子……おれ、千夏に会ったぞ」

その言葉に、華子はくるっと振り返った。

悪戯《いたずら》好きの妖精《ようせい》に上下に引っ張られたように、目を見開いている。

「……いつ?」

「一昨日《おととい》」

「……そっか。どうりで目覚めたら、いまいち眠気が取れていないわけだ」

「お前……なんであいつに身体を貸すことになったんだ？」

「もう、知ってるんだったらしょうがないな」

軽く肩をすくめると、華子は千夏とのいきさつを話し始めた。

七夕の夜——華子がずっと大切にしていた懐中時計が急に光り出し、千夏という存在の声がして、身体を貸してくれと頼んだらしい。

その願いに、華子はなんの躊躇《ためら》いもなしに承諾したようであった。

「バカか……お前……？」

「だって、楽しそうじゃない。滅多にできない体験だしね。いいチャンスだと思ったんだな、わたしは」

「よく事情も聞かずに身体を貸す気になったな」

「困ってる人を助けるのにさ、理由なんて必要ないでしょ」

「それは、そうだけどさ……」

「あんただって、よく事情も聞かずにお嬢ちゃんを助けたくせに」

「……………」

にやにやと笑みを浮かべる華子に、宏は返す言葉がなかった。

考えてみれば、宏自身も同じようなものだ。

「お兄ちゃん！　お姉ちゃん！」

病院に着いた宏たちを、数日ぶりに見るちとせが、まるで普通の女の子のように元気な姿で迎えてくれた。

「こらこら。病院で大声を出しちゃ駄目でしょうが」

そう言いながら、華子はちとせの頭を撫でる。

「えへへへ」

宏は、近くに番人のように立つ看護婦に目をやった。看護婦はぎこちない笑顔を浮かべ、仲のいい姉妹の様子を悲愴《ひそう》な感じを漂わせながら見つめている。

(それだけ成功の可能性が低いということか……)

ずっと前から分かっていたことなのに、改めてそれが事実であることを思い知らされたような気がした。

「あ、ねえ、お兄ちゃん。お嬢ちゃんがくれるって言ったの」

ぼんやりとしていた宏の目の前に、ちとせがアルキメデスを突き出した。

「今日はお嬢ちゃんに会えなくて残念だったけど、こんな可愛《かわい》いぬいぐるみをもらったんだから、今度、なにかお返ししないといけないね」

「……可愛くないけどな」

宏は苦笑してちとせの腕の中にいるアルキメデスを見た。

その時――。

稲葉……と、不意に名前を呼ばれたような気がした。不可思議な位置からの声に目をやると、アルキメデスのフェルトの目が、なにかを訴えるように宏を見つめている。

彼がなにを望んでいるのか、宏には分かったような気がした。

「……そういや、ふたりには隠していたことがあるんだ」

宏の言葉に、華子とちとせが一斉に振り向いた。

「実はおれ、腹話術が得意なんだ。ちょっとそれ貸してくれ」

「え、うん」

ちとせからアルキメデスを受け取ると、宏は腕に抱えて上げ、コホンと咳払《せきばら》いした。その第一声だけには、わざとらしい無音の口パクを合わせる自信があった。

彼の名乗りはいつも同じだった。

「我が輩は猫である！　名はアルキメデス！」

観客のふたりは、おお～っと同時に感心したような声を上げた。

「さて、我が輩ことアルキメデスは、猫ではあるが、人情の機微を読み取ることにはいささかの自信がある。そんな我が輩は、ちとせのことが好きだ。ちとせは強いからな」

「お、お兄ちゃん……」

ちとせは恥ずかしそうに頬を赤らめるが、宏は笑顔のままアルキメデスを見つめた。

「もっと、言いたいことがあるんだろ？」

宏が軽く頭を叩《たた》くと、アルキメデスは続いて言う。

「思えば我が輩の最初の主人も、芯《しん》の強い人間であった。これもひとつの縁であろうか。……ああ、ちなみに稲葉は好かん。あれは弱虫だからな」

（……おい）

宏は目だけで、口の悪いアルキメデスにツッコミを入れた。

「しかし、我が輩とちとせを引き合わせてくれた。これには感謝せねばなるまい。……我が輩はいたずらに生を享けたのではない、ということを教えてくれたからな」

「……………」

「言わば全うできなかった運命に、もう一度立ち会う機会をもらったというわけだ。礼を言うぞ、稲葉」

アルキメデスはそれを最後に、再び無言のぬいぐるみに戻った。締めの言葉にしては妙だと感じたのか、華子がそれで終わりか……と、首を傾《かし》げる。宏はアルキメデスを振ってみたが、それ以上はなにも言おうとはしなかった。

「しかし驚いたな。上手いもんだ」

「わたしもびっくりしたよ！　お兄ちゃんって、すっごい特技を持ってたんだね！」

パチパチと、ふたりは病院に似つかわしくない拍手をした。

「いや、ははは……」

宏が曖昧《あいまい》な笑みを浮かべて、ちとせにアルキメデスを返そうとした時、お嬢をよろしくな……と、わずかに耳に届く小さな声が聞こえた。

「え……」

だが、手の動きは止められなくて、アルキメデスはちとせの手に戻った。

「あの……そろそろ時間ですので……」

看護婦が申しわけなさそうな顔をして宏たちに声を掛ける。

時間……。

なんの時間か分かりきっていて、みんなの笑みが蜃気楼《しんきろう》のように遠ざかった。

「じゃあ、頑張るのよ。わたしたちは祈ってあげることしかできないけどさ」

「うん。頑張るよ！　……でも、寝てるだけだけどね」

華子の言葉に、ちとせはぺろっと舌を出して、精一杯の笑みを浮かべて答える。心の中は不安でいっぱいだろうに、微塵《みじん》もそんな様子は見せない。

「頑張って、ぐわぐわ寝てくれ」

「わたしは、ぐわぐわなんて寝ないよ」

ちとせは不満げに頬を膨らませた。普段と変わらない、ちとせの表情。

「まあ……おれも頑張って祈るから」

「うん、お嬢ちゃんにもよろしくね」

ちとせはアルキメデスの手を取ると、バイバイ……と、それを振った。立ち去ろうとしていた宏は、その言葉に足を止めた。

「ちとせ。日本語は正しく使わないといけないぞ」

かがみ込んで、ちとせの頬に手をあてる。

「またね、だ」

「あ……」

ちとせの目に涙が浮かぶ。

だが、それはこぼれることなく、花のような笑顔に変わった。

「うん……また遊ぼうね」

「ああ。今度はいっぱい遊ぼうな」

「うん。じゃ、また明日」

「また明日な」

今度は、ちとせも挨拶《あいさつ》を間違えず、笑顔で手を振りながら去っていった。

——また明日。会えるといいね。

長い一日だった。

時間の流れはひどく緩慢だったが、それでもようやく夕暮れが訪れる。

宏は何度も時計に目をやり……そして祈った。祈ることしかできない。祈らずにはいられなかったのだ。

「……まだ連絡はないのかよ」

宏はひとりごちながら廊下の方を見た。手術が終わり次第、病院に留まっている華子から連絡が入ることになっている。

だが、その件で「なると」の電話が鳴ることは未だになかった。

「連絡って……？」

縁側でスイカを食べていたお嬢が、宏の呟きを聞いて首を傾げた。

「いや……手術がどうなったかと思ってさ」

「チーちゃんの？」

「ああ。……それより本当に起きてて平気か？」

「……うん」

ずっと眠っていたせいか、少しは元気になったらしい。なんだかお嬢が普通に起き上がっている姿を久しぶりに見た気がした。

「スイカ、美味《おい》しいか？」

その柔らかな果実を口にしているために、お嬢は無言で頷《うなず》いた。

病院からの帰り道、何気なく目に留まったので買ってきたのだが、意外なことにお嬢は今まで食べたことがなかったらしい。

「その着物も似合ってるよ」

お嬢は、いつもの黒い服ではなく赤い着物を着ている。

華子が「なると」に立ち寄った際に、お嬢ちゃんに……と、子供の頃に着ていた物を置いていったのだ。彼女を苦手としているお嬢は嫌がるかと思ったが、素直に袖《そで》を通していた。

「しかし……着物にその帽子は似合わないな」

「ダメ。この帽子は外せないの」

「どうして？　決まり事なのか？」

「うん」

はっきりと頷かれてしまうと、宏にはそれ以上のことは言えなかった。たぶん、そこにはなんらかの意味があるのだろう。

だが、できることなら、宏はそんな黒い帽子など脱ぎ捨てて欲しかった。

せめて今日だけは、お嬢に死神の臭《にお》いのする物を身につけていて欲しくなかった。

昼間はずっと眠り続けていたお嬢が、ちとせの手術が終わる頃になって目を覚ます。それはなにか不吉な符号のような気がした。

祈る以外に宏にできること……それはお嬢を病院に行かせないことだ。

「ねえ……」

不意にお嬢は小さく呟いて、ジッと宏を見つめてきた。

赤い瞳がまっすぐに宏を捉《とら》えている。

「ボクの苦しみを取り除いてくれる……昨日、そう言ったよね？」

唇が動いて、お嬢は不意に言った。

千夏に言われていた言葉。宏はお嬢を救うために、それを忠実に実行しようとしていた。他《ほか》に方法などないのだから……。

無言で頷くと、少し躊躇いながらもお嬢は再び言葉を続ける。

「ボクのことが好きだったら、ボクを……愛して」

「……え？」

突然の言葉に、宏はその意味を理解するまで数秒を要した。まさか、お嬢の口からそんな台詞《せりふ》を聞かされるとは思いもしなかったのだ。

「チーちゃんから借りたマンガで読んだよ。好きだったら……愛していたら、その相手とかった。お嬢は真剣に言っているのだ。

「愛っていう感情をボクは忘れちゃったから。だから、もう一度教えて欲しいの」

「いや……だけど、愛し合うってことがどんなことか分かってるのか？」

「愛し合っている人たちがやるんだよね？　だったら、ボクたちがやってもいいよね」

「しかし……」

「それとも、ボクのこと好きじゃないのかな？」

戸惑う宏を見て、お嬢は寂しげに眉尻《まゆじり》を下げた。

「い、いや……好きだよ。おれはお嬢が好きだ」

思わず声が上擦ってしまい、同時にカッと頬が熱くなった。考えてみれば、これが初めての意思表示になるのだ。自分がお嬢をどう思っているか……の。

「だったらいいよね」

宏の言葉に、お嬢は安心したようににこーっと笑みを浮かべた。

(何故、いきなりこんなことを言い出すのだろう？)

戸惑いながらも、宏は頭の片隅でお嬢の真意を探ろうとした。

「でもな……あれも一種の運動だし……今の状態で、あんなことなんて……」

「ボク、我慢するよ。なんだって我慢する」

お嬢は赤い真剣な瞳を向ける。

「あなたに愛してもらえるなら」

その真摯《しんし》な瞳に、宏はなにも言えなくなってしまった。

(ちとせが大変な時だというのに……いいのだろうか？)

心の中でわずかな葛藤《かっとう》が起こる。

だが、お嬢が求めているのは、単なる欲望を満たすための行為ではない。心の餓《う》えを癒《いや》すために、好きな人と一緒になれる時間と感覚なのだろう。

そう思うと、たまらなくなった。切ない愛《いと》しさが胸の中からこみ上げてきて、宏は思わずお嬢の身体を抱きしめた。


「あっ……」

不意に抱きすくめられ、お嬢は戸惑った表情で宏を見上げる。宏はそんなお嬢の小さくて柔らかい唇に、何度も何度もキスを繰り返していった。

「……わくわくしてきちゃった」

唇を離すと、お嬢は頬を赤く染めて囁いた。

「こういう時はどきどきとかって言葉を使うんだよ」

「どきどき？」

宏はお嬢の手を取ると、そっと彼女の胸に押し当てた。

「あ……ほんとだ。心臓が元気いっぱいになってる」

「好きな人と愛し合うんだから、どきどきするのは当然だろう？」

「じゃ、あなたも？」

お嬢はそう言って手を伸ばすと、今度は宏の胸に触れる。

「わ！　すごい……」

「それだけ、お嬢が好きなんだよ」

宏はお嬢の小さな身体を抱え上げると、そのまま布団の上へと運ぶ。そのまま身体を重ねるようにして寝かせると、もう一度唇を重ねた。お嬢は、宏の背中に手をまわして、ぎゅっと抱きしめるように身体を密着させてきた。

「んっ……」

唇を重ねるだけではなく、舌を使った密度の濃いキスに移行していくと、お嬢は少し息苦しそうに喘《あえ》いだ。なれていないだけに、要領がうまく掴めないらしい。

「はあ……ふう……」

「悪い、苦しかったか?」

「ううん、でもあれがチューなんだね」

お嬢のチューという言い方がおかしくて、宏は思わず苦笑した。

なんだかムードはないが、お嬢らしいと言えばお嬢らしい。別に型通りの愛し合い方をする必要などないのだ。

(俺たちには、これくらいがちょうどいいのかもしれないな)

宏はそう考えながら、赤い着物を脱がせて、そっとお嬢の胸に触れた。

「あ……」

薄く、ほとんど膨らみのない胸だ。と言っても硬いわけではなく、信じられないほど柔らかい不思議な感触。まるで温かいマシュマロのようだ。

「どんな感じ?」

「なんだか……どきどきが大きくなっていくみたい」

初めての感覚に、お嬢は少し戸惑うように視線を泳がせた。

宏は、お嬢が下着代わりに身につけていたシャツのボタンを一つずつ外して、わずかな胸の膨らみを露出させる。抜けるように白い肌だ。その肌にそっと手で触れた。

「わ……手、すごく熱いよ……」

「ああ、身体が火照ってるから」

お腹《なか》の方からゆっくりと膨らみの方へ移動させていくと、お嬢はわずかに身体をよじってシーツを握りしめた。白い肌がみるみるうちに桜色に染まっていく。

「痛く……ないか？」

「だいじょぶ……」

膨らみの頂点にたどり着くと、指で先端部分を挟み込んでみる。だが、あまりにも柔らかくて小さいために、つるりと指から逃げていってしまう。仕方なく、宏は指を使って軽く転がすように刺激してみた。

「んんッ……！」

お嬢はくすぐったそうな声を上げたが、その表情は徐々に切なそうなものへと変わっていく。呼応するように、頂点も少しずつ硬くなってきた。宏は顔を近付けると、ツンと上を向いた乳首にそっと口付けた。

「あっ……！」

お嬢は驚いたような声と共に、身体をびくっと震わせる。

「……舐《な》めるの？」

「え？　ああ……愛し合うってのは、こういうこともするんだよ」

「そう……なの」

愛し合うという行為に関して、おおまかな知識しか持っていないのだろう。お嬢は、不思議そうな顔をしながらも宏の言葉に素直に頷いた。宏は愛し合う行為のひとつひとつを教えるように、ゆっくりとお嬢の身体を愛撫《あいぶ》していく。ピンク色の乳首を唇で軽くついばみながら舌先を伸ばしていくと、徐々にお嬢の息が荒くなっていった。

「ね、ねえ……ボクも舐めたいな」

顔を上げると、お嬢が潤んだ瞳で見つめている。

「してもらってるばっかりじゃ、つまんないよ」

「け、けど……舐めるって……どこを?」

「どこでもいいよ、あなたの好きな場所。どこ?」

お嬢はそう言いながら笑みを浮かべ、上体を起こして首を傾げた。

いいのだろうか……と、少し迷いながらも、宏はズボンのファスナーを下ろして、既に大きくなっていたものを取り出した。

「え……これを舐めるの?」

「あ、ああ……」

宏はこんな行為をさせることにわずかに抵抗を感じたが、お嬢の方は知識が乏しいだけに躊躇いはないようだ。手を添えると、そっと舌を伸ばして舐め上げてきた。

「うっ……」

快感に肌が粟立《あわだ》つ。お嬢のやり方は乱雑で多少の痛さもあったが、初めての割には的確な舌遣いであった。先端部分を唇に包まれると、思わず腰が浮いてしまいそうになる。

「気持ちいい？」

「あ、ああ……」

宏は正直に答えると、もういいよ……と、お嬢の肩を掴んでそっと引き離した。このままでは我慢できずにイッてしまいそうだ。もちろん、それにも魅力は感じていたが、今は自分よりも、少しでもお嬢を感じさせてやりたかった。

宏は再びお嬢を布団に横たえると、ゆっくりと服を脱がせていく。羞恥《しゅうち》という感覚が薄いせいか、お嬢はなんの抵抗もしようとはせず、黙ってされるがままになっている。

だが、最後の一枚を膝《ひざ》から抜いた時。

「あの……ボ、ボクね……ちょっと、心配があるんだ」

「心配？」

「ボクお風呂に入ってないでしょ。だから……」

「別に気にするなって……おれはお嬢の匂《にお》いが好きだよ」

お嬢の躊躇いの理由を知って、宏は笑みを浮かべながらも本心からそう答えた。シャンプーや石けんの香りなどよりもずっといい匂いだ。宏はお嬢を安心させるように、首筋から頬、唇へとキスを繰り返していった。

少しは要領が分かってきたのか、お嬢も自ら舌を伸ばして宏を受け入れ始めた。ふたりはじゃれ合うように、互いを愛撫し続けていく。

「気持ちいい……チューって気持ちいいね」

「うん。気持ちいいよな」

「だ、だからかな……あのね……」

お嬢は、ふっと視線を逸《そ》らした。真っ白な頬がぽっと赤くなる。

「おしっこ……漏らしちゃった……」

「……え？」

スッと視線を下げて、お嬢の下半身に目をやる。別にそんな形跡はなかったが、宏は初めて目の当たりにしたその部分から、目を離すことができなくなってしまった。

ヘアがないので、それは一筋の傷のように見える。本当にお嬢とひとつになることができるのだろうか……と、宏は少し不安になった。

「ねえ……ボク、変なのかな？」

「……ああ、それはおしっこじゃないよ」

未発達に見えるが、ちゃんと機能は果たしているらしい。お嬢のそこは、微かに湿り気を帯び始めているのだ。

「気持ちいいとね、そうなるんだ」

「……そうなの？　おしっこじゃない？」

宏はこくんと頷きながら、きれいに浮き出た鎖骨に唇を置いた。やせっぽちの身体のせいか、くぼみが鋭い。その部分に舌を入れると、お嬢はきゅっと肩をすくめた。

「お嬢は可愛いな」

「わあ、ほんとに？　そんな風に言ってもらったの、ボク、初めてだよ」

嬉しそうに微笑むお嬢の笑顔に、宏はキュッと胸を締めつけられる思いがした。言いたくても、大方の人間はその姿を見ることとさえ叶《かな》わないのだ。

「……お嬢は、ほんとに可愛いよ」

何度でも言ってやるよ……と、宏はお嬢の身体を抱きしめた。それは宏にしかできないことかもしれない。だから、世界中の人間の代わりに言ってやりたかった。

宏は手を伸ばしてお嬢の中心部分に触れた。

「……あッ！」

ぬるっとした感触。微かにだが濡れているらしい。その粘液をすくい取るように往復させていると、やがて指が沈む部分を見つけた。宏はそこへ小指の先を侵入させてみる。

「ん……ああ……」

お嬢は唇を震わせて、宏の行為に反応を示した。まだ小指でさえきついらしい。ゆっくりとならすように、少しずつ指を深いところへと沈めていく。

時間を掛けてほぐすように愛撫を続けていくと、やがてお嬢の反応に変化が現れ始める。苦しそうだった声が徐々に甘いものへと変わり、指先には濡れているのがはっきりと分かるようになった。

(そろそろいけるかな?)

着ていた物をすべて脱ぎ捨てると、宏は、お嬢に身体を重ねていった。

「お嬢……いいよな?」

柔らかい髪をそっと撫でながら言うと、お嬢は宏の下半身にちらりと視線を向け、少し戸惑ったような表情を浮かべる。これから宏がどうするつもりなのか、ちゃんと分かっているらしい。

だが——。

「あ……そうだったね。うん、いいよ」

お嬢は小さく、しっかりと頷いた。不安がないわけではないだろうに、健気《けなげ》にもそれに耐えようとしているのだ。宏はそんなお嬢を愛おしく感じながら、すでに天を仰いでいる自分のものを押し当てていった。

「ん、んん……」

先端でこじ開けるようにして身を進めていくと、お嬢は唇を噛《か》んで眉根をよせた。宏も痛いのだから、お嬢の負担は小さいはずがない。

「ごめんな……もうちょっとだけ我慢してくれ」

宏がそっと頬を撫でると、お嬢は笑みを浮かべる。ここでやめても意味はない。宏は覚悟を決めると、一気にお嬢の中に押し入った。

「あっ！」

お嬢がひときわ大きな声を上げる。とても根元までは入りきらなかったが、なんとか繋《つな》がることができた。

「……入った」

「ボクの中に……あなたのが？」

大きく息を吐き出しながら、お嬢は小さく微笑んだ。

「ああ……痛くないか？」

「大丈夫。別に痛くないよ」

「じゃ、動く……な」

宏はそう言って腰を引こうとしたが、なかなか動くことができなかった。まるで繋がっている部分が溶け合ってしまったような感覚だ。じりじりと後退し、ようやく先端部だけが入っている状態まで戻すと、お嬢が潤んだ瞳を向けてくる。

「動いた時ね、気持ちよかった……」

「あ、ああ……おれも。また、動くな」

宏はゆっくりと抽挿《ちゅうそう》を開始した。

「あッ、んッ、はッ……！」

動きを少しずつ速くしていくと、お嬢は下から抱きつくように、手足を宏の身体に巻きつけてきた。

「ボクのことも……ぎゅってやって」

熱い吐息を漏らしながら、お嬢は熱に浮かされたような声で言う。宏はその希望に答えるべく、お嬢の背中に手をまわすと、抱き上げるように身体を密着させた。

「あッ、あッ、あッ、あッ……！」

お嬢の声が、徐々に短く、せっぱ詰まったものへと変化していく。宏も下腹部がジンと痺《しび》れる感覚に襲われ始めていた。

……これでお嬢の心が完全に癒されるわけではない。

けれど、少しでも負担を軽くしてやることができればよい。ずっと独りぼっちで長い時を過ごしてきたお嬢に、愛するということを感じさせてやりたかった。

少なくとも、ここにひとりはお嬢を愛する者がいるということを。

「あッ……ああ～～～ッ！」

お嬢の長く伸びる声と共に、宏は彼女の最奥部に向けてすべてを吐き出した。

自分の気持ちが、お嬢の中に流れ込むことを祈りながら……。


リン――。

どこかで風鈴が鳴ったような気がした。

「……ん」

その音に目覚めた宏は、辺りが真っ暗なのに気付く。いつの間にか日は沈んでしまったらしい。遠くから夕暮れの名残とも言えるヒグラシの鳴き声が聞こえた。

「……寝ちゃったのか」

身体を起こそうとすると、顔の下敷きにしていた右腕がジンジンと痺れていた。

室内は蒸し暑くてたまらない。宏は右腕をかばうようにしながら起き上がると、窓辺へと移動して窓を大きく開け放った。

途端に新鮮な潮風が吹き込んできて、部屋の中の淀《よど》んだ空気と入れ替わりながら、汗ばんだ肌を冷やしていく。その心地よい風を受けながら、宏はふと背後を振り返った。

「あれ？」

そこに寝ているはずのお嬢の姿が見えない。

トイレだろうか……と、考えたのは一瞬のことだ。部屋を見まわしていると、なんだか妙な違和感を感じる。寝起きではっきりとしない頭を大きく振った。

リリン――。

風鈴の音に、宏は窓の方へ視線を戻す。

だが……そこにはなにもない。考えてみれば、元々この部屋に風鈴などないのだ。

「……お嬢？」

鈴の音が遠いことに気付いて、宏は慌ててもう一度部屋の中を見まわした。いつ着替えたのか、布団の上にはお嬢が着ていたはずの赤い着物が丁寧に折り畳まれている。

どくん――と、鼓動が大きく鳴った。

（今、お嬢はなにを着ているんだ？）

黒い衣装を身に纏《まと》ったお嬢の姿が一瞬だけ頭の中をよぎり、宏は窓から顔を突き出して耳を澄ませた。

潮騒……。

消えかけている蝉《せみ》の声……。

名も知れぬ虫の声……。

かすかな人の声……。
鳥のはばたき……。
蚊取り線香が細く長い煙を吐き出して――消えた。
リリン――。
「行くなお嬢ッ！」
闇夜に叫んで、宏は走り出した。

第六章　遠い昔の忘れ物

……夢であって欲しかった。

宏はがむしゃらに走りながら、これが現実でないことを心から祈った。お嬢がちとせの命を運び去るなど、絶対にあって欲しくない……あってはならないことだ。

ずっと駆け通しだったために頭の奥がクラクラする。喉《のど》も渇いていたし、浴衣を着たままなので、足は今にももつれてしまいそうだ。それでも、宏は病院を目指して走った。

最愛の妹の命を奪われないように——。

「……くそっ！」

そうではない。確かにちとせを救いたい気持ちは十分すぎるほどにあったし、そのために自分が身代わりになってもいいとさえ思っている。

けれど、宏はそれ以上にお嬢を救ってやりたかった。

ずっと孤独と戦い続けて空ばかり見ていた少女が、ようやく地上に……自分のまわりになにがあるのかを知ることができたのである。

優しい少女……あんな優しい少女が、死神なんかやっていてはいけないのだ。

（……やめさせてやる。もう死神なんか）

お嬢は、この夏までに十分に役割を果たした。もう終わりにしてもいいだろう。もう、報われてもいいだろう。

だから……ちとせの命を運ぶような真似はやめさせなければならない。

あれだけ仲のよかったちとせの命を運んでしまっては、お嬢は、もう二度と無限の闇《やみ》から抜け出せなくなってしまう。たとえ、神とやらが許したとしても……。

リリン――。

悪夢のような鈴の音がはっきりと聞こえる。

闇夜の中、宏はその鈴の音に導かれるように走り続けた。

「あ……ハァハァ……」

永遠に続くかと思われた闇の中に、ようやく病院の明かりが浮かび上がる。

吐き気と頭痛で今にも倒れそうだったが、無理やり気力を奮い立たせて、なんとかたどり着くことができた。

すでに正面玄関は閉まっている時間なので、アルキメデスを訪ねた時のように、夜間救急と書かれた入り口にまわった。前回のように深夜ではないにもかかわらず、病院内は妙に静かで、本来いるはずの守衛の姿すらなかった。

宏は、そのままちとせの病室へ向かおうとして――。

「……!?」

ロビーに佇《たたず》む黒い小さな人影を見つけた。

「……お嬢」

「…………………………」

近付いても、お嬢は背中を向けたままなにも答えない。

宏は自分が幻を見ているのではないか……という錯覚に陥った。触れると消えてしまいそうで、もう一度呼びかけるために口を開き掛けた時……。

リリン――。

鈴の音がして肩が揺れた。黒い服を着たお嬢は、虚《うつ》ろな目をしたまま一瞬だけ宏を見たが、やがてすぐに手元に視線を落とす。

……間に合わなかったのか？

すでにお嬢はちとせの命を手にしてしまったのか⁉

宏はそう考えて、思わず拳《こぶし》を握りしめた。

だが……どうも様子が違う。

宏はお嬢の正面にまわり込むと、彼女が手にしている物を見た。それは、黒くてフェルトの目をした、いつも憎まれ口ばかりたたいていた人形。

「メデス……？」

くたっ、と身体を折り曲げて……アルキメデスは、本当の人形みたいに黙っていた。

『お嬢をよろしくな』

アルキメデスは別れ際にそう言っていた。まるで、永遠の別れの言葉のように。

お嬢の元を離れて、ちとせの腕の中へ残ったアルキメデス。

彼がなにをしようとしていて……なにをしたのか。

宏はようやく理解することができた。

「そうか……お前」

なにも喋《しゃべ》らなくなったアルキメデスに語りかけ、宏は涙をこらえて頭を上げた。

アルキメデスは、ちとせに命をくれたのだ。

……お嬢がちとせの命を運ぶことのないように。

千夏はすべて知っていたのだろう。だから、あの時に別れを言いにきたのだ。

もうひとりのお嬢である千夏の大切な人……アルキメデスへ。

「……帰ろう、お嬢」

宏はお嬢をそっと抱きしめた。

「アルキメデス……アルキメデス……ごめん」

「お嬢は泣かなくてもいいんだ。メデスは、ようやく自分の役割を果たせたんだから」

自分に命をくれた少女の願いを叶《かな》えることはできなかったけど、アルキメデスは長い時間を経て、やっと報いることができたのだ。

だから……なのだろうか。宏には、アルキメデスが満足げに笑っているように見えた。

「ボクが、ボクとして生まれた時からずっと一緒で……初めは泣き虫で……死神なんて嫌で嫌で仕方なかったけど……アルキメデスが頑張《がんば》れって……」

物言わぬ人形を抱きしめて、お嬢はぼろぼろと涙をこぼしていた。

「ボクが死神なんかじゃなかったら、みんな……アルキメデスだって……」

「もういい、終わったんだよ。みんな許してくれるさ」

「許して……くれるかな……？」

「ああ許してくれる……だって、お嬢は泣いてるじゃないか」

「ボク、泣いてる？」

お嬢は初めて自分が泣いていることを知ったかのように頬《ほお》に手をやると、この世界で一番きれいな雫《しずく》を不思議そうに見つめた。

誰かのために涙をこぼす死神を、みんなが許さないはずがない。

「お嬢は偉いぞ。辛《つら》くても……頑張ってきたんだから」

「うっ……うう……」

お嬢は顔をくしゃくしゃにして宏の胸に顔を埋めてきた。

「メデスは……お嬢を一番よく知っていたんだから」

そっと頭を撫《な》でると、お嬢の膝《ひざ》が崩れて身体に掛かる重みが増した。宏はそんなお嬢の身体をしっかりと抱き留めた。

抱き留めてやれる近さにいれたことが、せめてもの救いのような気がした。

お嬢を背負って病院を出ると、天には星空が広がっていた。

「ごめんね……疲れてるのにおんぶしてもらって」

「気にするなよ。全然軽い」

背後から聞こえてきた声に、宏はそう言ってわずかに首を振った。必死になって走ってきたので靴擦《くつず》れを起こしたらしく足は痛かったが、背中の重みはその痛さを十分に補うものであった。

「……もうちょっと太れよな」

「へへへ。焼きもろこし食べたいねぇ」

背後でお嬢が空を見ているのが分かった。

「そうだ、元気になったら夏祭りに行こう」

「わー、ボクお祭りって初めて」

「じゃあ、それまでには元気にならないとな」

宏の言葉に、お嬢はうん……と、小さく笑った。

夏祭りだけじゃない。秋になって紅葉がきれいになったら、登山にも行きたい。冬になったら温泉だろう。春にはやはり花見だ。そしてまた夏になったら、海に行って川にも行って……。

死神をしていた時にはできなかったことを、お嬢にはたくさん経験させてやりたかった。

けれど……。

「……あのね。ボク、ずっと隠してたことがあるの」

不意にお嬢が言った。笑っているけど真剣な声だった。

首にまわった手に、わずかに力が加わる。

「ボクね……あなたのことずっと知ってた」

「………………」

「ずっと昔、一緒に遊んだよね」

「ああ……」

やはり——お嬢も思い出していたのだ。

共有した過去は、宏の記憶であると共にお嬢の記憶でもある。

宏の夢はお嬢のものであり……お嬢の夢は宏の夢であった。ふたりは互いに触発されるように、少しずつ過去の記憶を取り戻していったのだ。

「……ボクの探し物はふたつあったんだ」

「もう……見つけたんだろ？」

「うん。ひとつはすぐに見つけたよ……見つけてたんだ。七夕の夜に」

お嬢と宏が最初に出会った夜――あれは確か七夕の夜だった。

「でも……もう、いいんだ」

お嬢はやけに寂しげな口調で呟《つぶや》いた。

「なにがいいんだ？」

「へへへ……なんでもない」

笑い声がして、お嬢がくたっと体重をかけてきた。

「お嬢？　……そっか、今日は色々疲れたよな」

宏は背中のお嬢を背負い直す。

「ゆっくり寝て、いい夢見ろよ」


少女と会うのは、いつだって夕暮れ時だった。

世界が茜色《あかねいろ》に染まる頃《ころ》にやってくると、少女はいつだって待っていた。

『あ、来た来た！』

『ようっ！』

宏はいつもと同じように、少女に向かって手を上げる。だが、その日の少女は、なにかを企んでいるように、にやにやと笑っていた。

『へへ～……今日はプレゼントがあるんだ』

『プレゼント？』

じゃん！と、少女は背中に隠し持っていた物を、宏の前に突き出した。

『ん……時計？』

それは金色の懐中時計だった。夕陽を浴びて、キラキラと光り輝いている。

『これ、お返しだから。もらって』

『お返しって？』

『ほら、約束したでしょ？　今度、お祭りに連れて行ってくれるって』

『ああ……でも、もらっていいのかな？』

お返しといっても、宏はまだなにもしていないのだ。

それに少女が差し出した懐中時計は、見た目にもかなり高価そうであった。夏祭りで宏が奢《おご》ることにしていた、とうもろこしや焼きイカなんかとは比較にならないだろう。

宏がそう言うと、少女は、大丈夫これはもらい物だから……と、笑った。

『もらい物？』

『もらい物しかプレゼントできなくて、ごめんね』

『謝ることじゃないけど……』

少女が手を引っ込める様子がないので、とうとう宏はその時計を手に取った。思っていたよりも重い。ぱちんと蓋《ふた》を開くと、そこには大小ふたつの時計盤が並んでいた。

『この右の小さいのはなに？　左は普通の時計……だよね？』

『右のはね……ボクが、いつまでこっちにいなくちゃ駄目なのかってことを示しているの』

『いつまで？　自分の国へ帰るの？』

『うん、そうだね』

目の前の少女がいつかはいなくなってしまうと知って、宏は少し悲しかった。

だが、改めて右の時計盤を見ると、本当に針が動いているのかどうか分からないほどの進み方だ。しかもほんの少ししか傾いていない。

宏はホッとした。どうやら少女が帰るのは、ずっと先のことのようだ。

『でも……そんな大切な物、もらっちゃっていいの？』

少女はなぜか悲しげな笑みを浮かべると、こくりと頷《うなず》いた。

「星がきれいだな……」

神社の賽銭箱《さいせんばこ》の前に座った宏は、ひとりごちて夜空を眺めた。

膝の上では、お嬢が軽い寝息を立てている。その安らかな寝顔からすると、具合が悪いのではなく疲れてしまっただけなのだろう。

(色々と……あったからな)

宏は、そっとお嬢の銀髪を撫でた。

辺りから聞こえてくるのは、虫の音や風の音。

そして――。

「……来たか」

顔を上げると、やはり目の前に千夏が立っていた。

足音も近付いてくる気配もなく、この前と同じく突然に……。

だが、今度は驚かなかった。たぶん、千夏が姿を現すだろうと思っていたからだ。

「なあ……おれ、今なら分かるよ。お前がすぐにお嬢に還らなかったわけが」

座ったまま千夏を見上げ、宏はなんの前置きもなく言った。

「お嬢があのまま元気になったらさ、ずっと死神を続けてたと思うんだ。そんな寂しいこと……お前も嫌だったんだな」

はっきりと気持ちを聞いたわけではなかったが、宏には千夏の目的が分かったような気がした。千夏も……確かにお嬢なのだ。お嬢が捨てた、寂しくて儚《はかな》い自分なのだ。

千夏は微笑《ほほえ》んで、宏の前にちょこんと座った。

「手術……終わりましたよ」

「そっか」

「結果、聞きたくないんですか？」

「いや……ここにきて失敗するような医者だったら、天国に連れてってくれ」

宏のつまらないジョークに千夏はくすりと笑った。その笑みにつられるようにして、宏も声を立てて笑う。

「ははは……なぁ」

ひとしきり笑った後、宏は言った。

「もう、終わりにしよう千夏」

「…………………」

ゆっくりと千夏の笑みが消えた。

「お嬢や千夏や、女将《おかみ》さん、華子やちとせに会えて、おれ……すごく楽しかったよ」

「いいんですか？」

「忘れ物は返さないと」

宏は再びお嬢の髪を撫でながら、この夏の匂《にお》いを肺いっぱいに詰め込むかのように深く息を吸った。忘れられない……夏の空気を。

「本当ならさ、おれはあの夏に死んでたんだ」

カカシは宏の神様だった。
だから、その日も宏は一生懸命に祈っていた。
『どうか……お母さんを助けて……』
握りしめた手が痛かったが、それでも宏は祈りの言葉を呟き続けた。
『お願いだから……』
ふっと目の前に影が落ちる。
気付くと、黒い服を着た少女が目の前にいた。
『……そこ、どいてくれよ。カカシが見えないじゃないか』
『………………』
『駄目なんだよ、カカシが隠れたら。僕は祈って、お母さんを助けるんだから』
カカシは願いを叶えてくれた。少女という友達を宏にくれた。
だから……だから、今度もお母さんを助けてくれるはずだ。
『……もぅ……無駄……』
少女がぽつりと言った。
『祈ったって、無駄なんだ……』
『む、無駄って言うなっ‼』

『だってもう……連れて行っちゃったから』

『……え？』

『ボクが、連れて行っちゃったから……もう、この世にはいないんだよ』

不意に目の前が暗くなり、全身から力が抜けていった。

知っていたはずなのに……少女は自分が何者なのかを告げていたのに……。

『あなたとも……もうお別れなの』

宏は自分が無力であることを思い知らされた。

目の前に死神の少女がいたというのに、宏にできたのはカカシに祈ることだけ。

『だって、もうすぐボクの姿が見えなくなっちゃうから……』

自分の無力が許せなかった。けれど、弱虫だった宏は、その悲しみや怒りを自分ひとりで背負うことができなかったのだ。誰かにぶつけてしまいたかった。

だから——。

『この死神めっ！　お前のせいで母さんはっ!!』

『——！』

言ってしまった後、宏は一目散に逃げ出していた。

少女が泣きじゃくる姿を見ていられなかったからだ。

僕が泣かしたんだ！　大好きな友達を僕が……。

どこをどう走ったのか、まるで覚えがない。それでも、わめきたてる蝉《せみ》の声を抜けて、悲しい嗚咽《おえつ》だけが後を追ってくる。緑に囲まれた場所を駆け下りたような気がする。

たくさんの人が後ろに流れていったような気がする。

足の下に川の流れを感じたような気がする。

道路に飛び出したような気がする。

そして……。

ヘッドライトが目の前に迫ってきたような気がした。


「わがままでバカな子供は車に轢《ひ》かれて、あの夏に死ぬはずだったんだよ……」

「バカじゃありません。それに、子供はわがままじゃなくて、心に正直なんです」

千夏が本気で言ってることが分かって、宏は思わず苦笑してしまった。

「ひどいこと言ってごめんな」

宏はぽつりと言った。

ようやく——ようやく謝れた。宏は、自分がこの言葉を伝えるために、いままで生きてきたような気がしていた。

「出会った時に命を奪われたらさ、やっぱりお嬢を責めたと思うけど……今は逆に感謝したいくらいだ。楽しかった。この夏は……ほんとに幸せだったよ」

千夏はお嬢の寝顔を見つめたまま、無言で宏の言葉を聞いていた。

(ごめんな……ちとせ。だけど、おれはお嬢のことが本当に好きなんだ)

「だから返すよ。これからの夏は、お嬢とお前の時間だ」

「いいんですか？」

「ああ」

宏は小さく頷いた。

お嬢の探していた忘れ物……。

ひとつは、失ってしまったもうひとりの自分。

そして、もうひとつは――宏に与えてしまった半分の命。

「遺言じゃないけどさ、言いたいことは全部言ったよ」

「いいんですよ。私もこの子も、あなたのためなら――」

「千夏……」

宏はどの表情がこの場に相応《ふさわ》しいか考えて、笑ったままでいることにした。

「最後に教えてくれないか？　お前は……お嬢が過去に捨てた感情なんだろう？」

「はい……」

お嬢が命を分け与えた後、その分を忘れるために捨ててしまった心の一部少年に対する恋心……人を愛する感情。

「もうひとつだけいいかな？」

「……はい」

「お嬢の本当の名前ってさ、千夏とか……漢字じゃないよな？」

「はい」

「そっか……」

宏は小さく頷いて目を閉じた。

辺りの音が消え、まぶしい白に包まれて……。

すべてが消えた。

夏の夕暮れは、空を鮮やかな茜色に染め上げる。
風にそよぐ稲穂や、遠くから聞こえてくる虫の声。
長く伸びた自分の影を背にしたまま、宏はぼんやりと暮れゆく風景を眺めていた。
「……あれ？」
一瞬、自分がどこにいるのか分からなかった。だが、改めて辺りを見まわしてみると、
それは神社へと続く長いあぜ道の途中。

「おれは……」

死んだはずじゃ……と、考えた時。

「その途中にあることは間違いないな」

どこからか、あのぬいぐるみの声。

ちとせのために自らの命を消滅させてしまったアルキメデスの声を聞いて、宏は、少なくともここが現実の世界ではないことを知った。

「よう、元気そうだな」

「時間がないからよく聞け。この先の神社でお嬢が待っている」

宏の軽口を無視して、アルキメデスは妙に真剣な声で言った。

「お嬢……が？」

「このままお前が消えてしまったら、お嬢はどうすると思う？」

「え……それは……」

「我が輩にできるのは、この世界をもう少しの間だけ維持することだけだ」

その言葉を聞いて、宏は漠然とではあるが、ここがどこで、お嬢がなにをしようとしているのか分かったような気がした。

「行け！　稲葉！」

「……っ！」

宏はアルキメデスの言葉に弾かれるように走り出した。

ここはお嬢の心の世界……なのだろう。

どんなに苦しくても、お嬢は宏に与えた自分の命の半分を取り返そうとはしなかった。

そのために何度も寝込むことになったが、それでも共にいることを望んだのだ。

けれど、それが限界を迎えようとしていた。

宏が自ら消滅してでもお嬢を助けようとしたように、お嬢もまた、宏を助けるための行動を起こそうとしている。

それは、この世界を……自分自身を消してしまうことだ。

そんなことをさせるわけにはいかない。お嬢がすべてをあきらめてしまう前に、宏は彼女の元にたどり着かなければならない。そして、伝えなければならないのだ。

一歩駆けるごとに、辺りの風景がガラガラと音を立てて崩れ始めていた。

山裾《やますそ》にある神社に収束するように、じわじわと世界が死んでいく。

消えていく……。

「……はぁ……はぁはぁ……」

駆け出しはしたものの、病み上がりのように、少し走っただけで息があがる。宏は道端の背の低い木に寄りかかって息を整えようとしたが、まったく効果がなかった。

「ま、ずいな……」

ただの疲労ではない。熱したアスファルトにまいた水が乾くように、根元的な力をストローで吸い出される感覚だ。

（お嬢に命が還ろうとしてるんだ……）

鼓動が弱まっていくのを感じて背筋に悪寒が走った。

あの顔たちと同じ道を歩むのかと思うと、容赦のない死の恐怖が湧《わ》き上がってくる。

（お嬢やちとせも……あんな小さな身体でこの恐怖に耐えていたなんて……）

「……くそっ」

下手に立ち止まってしまうと動けなくなりそうで、ずるずる足をひきずりながら、果てしないあぜ道を進んだ。


世界が茜色に染まる中。

お嬢は神社の賽銭箱の前に座ったまま、手元の懐中時計を見つめ続けていた。ふたつの盤面を持つ時計の、右の針がじりじりと時を刻む。

「もう……いいよね」

お嬢は小さく呟く。

「せっかく色々と約束したけど……叶わないものね」

第六章　遠い昔の忘れ物

涙がじわじわ溢《あふ》れてきた。

ずっと眺め続けていた空は、もう赤い色を失って、青く黒く塗りつぶされている。

「ねぇ。アルキメデス……死神って、ずっとこんなことしていくの？」

「…………………」

「生きてる人と別れるだけでもこんなに辛いのに、ボクのために、みんな、ずっと会えなくなるんでしょ？　そんなの嫌だよ、ボク……」

膝を抱えて、猫のぬいぐるみを見つめる。

「そうですな……真実を隠してもなんの意味もない」

アルキメデスはぽつりと言った。

「万物の理《ことわり》が死で終わるのならば、死神が解放される時は生の瞬間――」

「生の瞬間？」

「人を愛すること――と聞き及んでいます」

お嬢はハッと自分の胸を押さえた。

——愛？

「愛って、人を好きになるってことだよね……？」

「左様」

「だけど……ボク、あの人のこと好きなのに終わらないよ？」

永遠に続く死神としての時間——。

胸が痛む。好きになればなるほど、別れが寂しい。

なのに……終わらない。

「辛いことや、嫌なことは忘れやすいものです。悲しみも時間が癒《いや》してくれるでしょう」

「忘れる？」

そうか……。

そう……忘れてしまえばいいんだ。辛いことや悲しいことは忘れてしまえばいい。

「……いいよね、どうせボクは消えちゃうんだから」

お嬢はそう呟いて目を閉じた。

死神を放棄して消えてしまうことを神が許さなかったとしたら……その時は忘れてしまえばいい。みんな忘れてしまえばいいんだ。

一生懸命看病してくれたお姉ちゃんのことも……。

一人で寂しかった夜のことも……。

男の子のことも……。
もう、人を好きになんかなりたくない。みんなみんな忘れてしまおう。
世界が消える。想《おも》いが消える。
チーちゃんのことも。
温かかった女将さんのことも。
焼きもろこしのことも。
あの人のこと……優しかった人のことも忘れよう。
……できるかな。忘れること、できるかな。
すごく辛くて、涙がぽろぽろ流れる。
お祭り行きたかったよね。手を繋《つな》ぎたかったよね。楽しい時間を過ごしたかったよね。
もっともっと、夏が過ぎても一緒に生きたかったよね……。
「うぅ……うう……」
お嬢の頬を伝った涙が、手元の懐中時計にこぼれた。
もう日が沈む。もうおしまい。すべてが……終わる。
「さよなら……」
——宏。

「よっ」

宏の声に、俯《うつむ》いていたお嬢がハッと顔を上げた。瞳《ひとみ》には大粒の涙が浮かんでいる。

「どうした？」

宏は笑いながら、できるだけ何気ない風を装った。

自分が落ち込んでいる時は、それが一番嬉《うれ》しいから……。もっとも、今にも死にそうな状態で、上手く笑えているかが心配だった。

「遅くなっちまったけど、ぎりぎりセーフだな」

「いやだ……」

お嬢が首を振る。鈴が嵐に吹かれたように音をかき鳴らした。

「いやだっ……せっかく忘れようとしたのに――辛いことや悲しいことも全部忘れようと思ったのに」

お嬢の瞳から、ぽろぽろと大粒の涙がこぼれる。

「どうして来ちゃったの⁉　どうしてボクに優しくするのッ‼　もう、人を好きになって心が痛いのは嫌なのに――ッ！」

「……お嬢」

すべてが消えようとしていた。

宏を支えてきた命が、今、お嬢の元へと還ろうとしている。

お嬢の心が紡ぎ出したこの空間も、宏を残してすべてが無に帰そうとしていた。

もう……お嬢のところまで歩み寄る力も残されていなかったが、宏は、せめて最後まで立っていようと思った。

「説教くさいのはアルキメデスに任せたいんだけどな……」

宏は深く息を吸ったが、肺に空気が入ったかどうかは疑わしい。この世界では、宏という存在自体が幻のようなものだから。

「すごく酷《ひど》いこと言うけど……おれのことを忘れないで欲しい」

「だって……」

「人の命を助けたいと思うのって、普通のことなんだよな。決まり事を破ってでも、自分の大切な気持ちを守るのも……すごく当たり前のことだった」

だから……。

「だから、お嬢は悪くない」

「でも、ボクがいなかったら、みんな笑ってた。笑っていられたのに……。やっぱり、人の幸せを奪うことはいけないいんだよ」

「うん、だからさ」

宏は笑った。

「消えた人や、残された人のために泣いてやれる、落ちこぼれの死神が大好きだった。おれは死神とか人間とかじゃなくて、お嬢のそんなところが好きだった」

リリン――。

涼やかな音と共に、お嬢が宏の胸に飛び込んできた。

「嫌だよ！　なんで消えるの！」

すでに宏の魂の還元は始まっている。ゆっくりと辺りに溶け込むように消えゆく宏の胸で、お嬢は駄々っ子のように泣いた。

その小さな手で、何度も何度も宏の胸を叩《たた》き続ける。

「おいてかれるのがどんなに辛いか分かってるの！　どうして……どうして、みんなみんなボクをおいてくの！」

「ごめんな」

徐々に薄れていく手で、宏はお嬢の頭をそっと撫でた。

「やだよ……約束したのに……一緒に夏祭り行こうって言ったのに」

「ごめんな。だけど、その悲しさとか痛さから逃げないでくれ。悲しさとか痛さは、楽しさの裏返しだから……それを知っていれば、みんなをもっと好きになれるから」

普通の女の子として暮らしていけるから……。

「あなたじゃなきゃ、いけないのに……」

宏は頷いてお嬢を見つめた。

もう……言葉が出せなかったからだ。

がんばれ。

さよなら。

ありがとう。

万感の思いを詰め込んで、宏は最後にお嬢を抱きしめた。

お嬢に見逃してもらった命でこんなに幸せになれたから……。

今度はお嬢に幸せになって欲しいから……。

――忘れ物、届けたよ。


千夏は、消えようとしている自分の手のひらを見つめた。

指の先から、千夏という存在が、きらきらとした光の粒子に分解されようとしている。

それはまるで線香花火のようできれいだった。

(間に合わなかったのか?)

「分からない……」

果たして還ることができるのだろうか?と、足下に倒れるふたりを見下ろしながら、千夏はゆっくりと目を閉じた。

(お前は、そのために努力してきたんだろう?)

心の声は、憎らしいほど千夏に勇気を分けてくれた。何度くじけようとしても、彼女は千夏を励まし決して立ち止まらせようとはしなかった。

「私は、あなたがあなたであったことに感謝します」

(気にするな。こっちは傍観者で、結局はなにもできなかったんだ)

その声には悔しさが滲《にじ》んでいた。すべてを見つめていながら、見守ることしかできなかった彼女はさぞかし辛かっただろう。

だが、彼女の存在がなければ、千夏は迷いを捨てきることができなかったに違いない。

独立した個としての自分を捨て去り、元の自分に戻るなど……。

できることなら逃げ出してしまいたかった。

ひとりの女として、千夏も宏が好きだった。だから、立場の逆転を望んだこともある。もうひとりの自分に嫉《しっ》妬《と》したことすらあったのだ。

けれど……。

「アルキメデスは……ちとせちゃんを死神にするつもりかと思っていました」

（…………………）

「けれど彼は違う道を選んだ。だから、私も……」

（本当にそれでいいの……？）

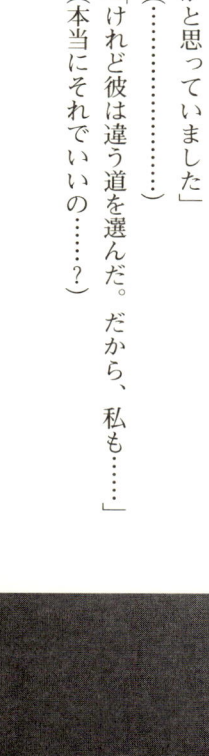

千夏はその質問に、笑顔で頷くことができた。千夏として一個の人格と認められはしたが、もうひとりの自分が彼には愛されているのだ。

「私は……私であったことに感謝します」

千夏という存在が消えようとしていた。千の夏を巡る存在として生み出されたにもかかわらず、わずか数年でその役目を終えて。

千夏はぐるっと世界を見渡した。

……覚えていようと思う。この最後の夏の景色を。

最後に倒れている少年を見つめた。心の臓が止まっているけれど、彼はまだ運命に抗《あらが》っている。間に合わせなければならない……。

(もう……行くのか?)

「はい。ふたりが結ばれた時点で命が逆流を始めています。だから……」

(そうか……)

心の声は、少し笑ったような気がした。

彼女は知っている。千夏が自分という存在を捨て去ってまで、もう一人の自分と、好きだった少年を救おうとしたことを。

けれど、それを馬鹿《ばか》なことだとは思わないだろう。

(……またな)

最後に彼女はそう言った。

もう、千夏には言葉を返すことはできなかったけれど……。

またね……と、小さく手を振って返す。


――金色をした懐中時計が、カランと音を立てて石畳に転がった。


蝉の鳴き声が響き渡っている。

宏は神社の境内で、馬鹿みたいに晴れた空を見上げていた。ただ暑いのではなく、むやみに暑い。そんな馬鹿みたいな空の下で、宏は馬鹿みたいに呆《ほう》けていた。

夢を見ていた気がする……とても長い夢を。

視線を世界へ移すと、そこにはなんの変哲もない日常の光景。

まぶしい。目を細めないと、視神経が焼き切れてしまいそうだった。

「…………………」

なにか大切なモノを忘れている気がした。

「おはよう」

「え？」

いつのまにそこにいたのか、華子が境内の真ん中で煙草《たばこ》を吸っていた。彼女の唇から、紫煙がゆらゆらと魂みたいに吐き出される。

「夢を見たって顔をしてるな」

「あ、ああ……」

「どんな夢だった？」

「名前のない死神の少女をここで拾って、お前にも死神が取《と》り憑《つ》いていて……それで、ちとせは病気で手術することになって……あれ？　おれ、死んだはずなんだ」

「おかしな夢だな」

「……ああ、本当におかしな夢だ」

「でも、それは本当に夢か？」

「え……？」

宏は改めて華子を見た。彼女の胸には、どこかで見たことのあるような金色の懐中時計がぶら下がっていた。

「それは夢じゃない」

華子はそう言うと、境内へと続く石段の方を指す。

リリン――。

そこから……ふたつの鈴の音が聞こえてきた。

エピローグ

「ふう〜……今日も暑いな」

もう九月に入ったというのに、太陽は未《いま》だに自己主張をやめようとはしなかった。

まるで、チャイムが鳴っているのに壇上を去らない教師のようだ。

——そう言えば、そろそろ学校が始まっちゃうな。

この夏は色々な意味で忙しく、学校のことなどすっかり忘れていた。もちろん、レポートも手付かずのままだ。

困ったな……。

わたしは眼鏡を外すと、ハンカチを取り出して顔を拭《ぬぐ》った。夏はフレームに汗が溜まるから嫌だ。眼鏡がないと視界が水で滲《にじ》んだようになる。

それはまるで幻のような光景だった。


「ほんとにもう、申しわけございません」

時計店の主人は気の毒なほどに恐縮していた。

「いや、確かに直っているはずなのですが、どうにも右の時計盤だけ動きませんで……」

「右……ですか」

わたしは手渡された時計の蓋《ふた》を開いて、ふたつの異なった盤面を見た。

一ヶ月ほど前、コンクリートの地面に落としてしまった懐中時計だ。それで時計屋に修理に出したのだが……どうやら完全には直らなかったらしい。

そっと耳を近付けてみる。かちっかちっという小気味のいい音。左の盤面の針は確かに時を刻んでいた。

……これを初めて手にした時のことは、今でも忘れられない。

あれは数年前、今年みたいに暑い夏だった。弟の宏がぼろぼろの姿で戻ってきたのだ。服のあちこちが破れ、ズボンの膝《ひざ》がすり切れて肌が覗《のぞ》いていた。

あの時の宏は夢でも見ていたのだろうか……。

『お前、車にでも轢《ひ》かれたの？』

そう尋ねたわたしに向かって、半分眠ったような顔で頷《うなず》いたのだ。だが、車に轢かれて五体満足でいられるはずがない。

宏はもぞもぞとズボンのポケットを探ると、懐中時計を取り出した。

『お前にやるよ』

ぼやけた口調だった。

今から思えば、やっぱり夢でも見ていたのかもしれない。

けれど、懐中時計は夢ではあり得なかった。

「…………………」

わたしは懐中時計に、そっと耳を近付けてみた。かちっかちっという小気味のいい音。

確かに左の盤面は動いている。

だが、見た目では分からないが、右の針は運動を止めてしまったらしい。

やはり地面に落ちた衝撃で？

それとも、それはなにか別の理由があるのだろうか？

ただ言えることは、右の針は初めて目にした時とは異なる場所を指している。動かなくなるまでの間、この右の盤面はどんな時間を刻んでいたのだろう。

……確かめる術《すべ》はない。

「申しわけございません。もし、ご希望でしたらメーカーの方に……」

「その必要はないわ」

左の盤面が動いている以上、普通の時計として支障はない。それにおそらく、どこのメーカーに問い合わせても、これと同じ物は存在しないはずだから……。


「や、ご当主！」

時計屋を出て商店街を歩き始めると、すぐに威勢のいい声が聞こえてくる。数秒かかって、それがわたしに向けられた言葉だということに気付いた。

声の主は八百屋の若旦那《わかだんな》だった。

「こんちは。今日も暑いね」

「そんな時はこれこれ。これで暑気払い」

若旦那が指さしたのは、ひとつの大きなスイカだった。

「もう、旬《しゅん》が過ぎているのでは？」

「だから、半額」

値札には大きく線が引かれてあって、その下に新たな値段が書かれてある。

「ところで……」

スイカから、若旦那の捻《ねじ》り鉢巻きに目を向ける。

「わたしが眼鏡からコンタクトにしたら、似合いますかね？」


この夏——常磐村に住む何人かの人間が、幻とも現実ともつかない世界を駆け抜けた。

当人にとってはこの上もなく明瞭《めいりょう》な出来事だったのだろうが、過ぎてしまえばすべてが幻のようなものだ。過去という幻が現在という現実になる。

わたしもまた、その幻と現実の狭間《はざま》にある世界にいた人間のひとりだった。

この……特別な夏の間だけ。

「……ふうっ」

厳しい残暑の中、わたしはようやく家に帰り着いた。

この豪奢《ごうしゃ》な家が自分の住むべき所と思ったことは、今まで一度だってなかった。その屋根の下で寝起きしている今でも、なかなか実感が湧《わ》いてこない。

けれど、ここにはわたしの家族がいる。

門をくぐって石畳を玄関に向かうと、重い戸を勢いよく開け放った。

「おーい、お土産買ってきてやったぞー」

わたしはスイカを心持ち持ち上げ、声を張り上げた。すると、とたとたとふたつの足音が近付いてくる。

ひとりは宏だとして、もうひとりはいくら奇跡的な快復で退院したばかりとはいえ、ちとせとは思えない。

だとすると——。

廊下の角から、宏に続いて銀髪を揺らしたもうひとりの姿が見えた。


「え〜と……紗菜《さな》ちゃん」

「な、納豆」

「う……うさぎちゃん」

「ぎ……ぎ、銀玉鉄砲」

「う、う、卯月《うづき》ちゃん」

エピローグ

「金魚すくい」

「いちごちゃん」

「ご……ご、胡麻煎餅《ごませんべい》」

「あのなあ……」

宏は華子の買ってきたスイカをしゃくしゃくと食べながら、呆《あき》れたように、ふたりのやりとりの中へ割って入った。

一緒に暮らすには、やはり名前がないと不便だ。

そこでお嬢に名前をつけることになったのだが……。ふたりが羅列する名前のリストに目を落とすと、いつの間にかしりとりになっていた。

本気なのか遊んでいるのか区別がつかない。

「適当なのでいいじゃないか……そんな凝った名前は必要ないだろう」

「ぶ〜、お兄ちゃん分かってない！」

ベッドで上半身を起こした状態のちとせは、手にしたクレヨンを振りまわしながら、血色のよい頬《ほお》をぷっと膨らませた。

「名前は大事だよ！　わたしが元気になったら一緒の学校に通うんだもん。お嬢ちゃんを適当な名前なんかで呼びたくないもん」

「そうだそうだぁ！」

お嬢はちとせの言葉に呼応しながらも、鼻歌混じりにノートに落描きをしている。

「じゃあ、お嬢は銀玉鉄砲だの、胡麻煎餅だの呼ばれるほうがいいのか？」

「う～ん……好きな名前だからいいかも」

どこまで本気なのか、判断しかねる表情だ。

「名前ってなかなか決まらないねぇ」

ちとせはクレヨンを握ったまま、う～ん……と、首を捻った。

「だからさ、水飴《みずあめ》とか、綿菓子とか、かき氷ってのはどうかな？」

お嬢が言う。

「……どうして食い物しか出ないんだ？」

「だって、美味《おい》しい名前がいいもん」

「……美味しい名前ってなんだよ？」

宏は呆れながら、ちとせの持っていたノートを手に取った。たくさんの名前が並ぶリストの中から、比較的ましだと思えるものを選び出す。

「じゃあ……『いちご』でいいんじゃないか？」

「まだ食べたことない！」

「……まかせた」

ちとせにノートを渡して、うちわを持って寝転がった。

やってられるか。

「う～ん……じゃあさ、こんなのはどう？」

ちとせがなにかを思いついたように、ノートに大きな丸い字を書いた。その文字を見て、宏は思わず首を捻った。

「水夏《すいか》……」

「……どうかな？」

上目遣いに宏とお嬢を見ながら、ちとせは自信なさげに呟《つぶや》く。

「いや、いいんじゃないか？」

「うん。きれいな字だね」

お嬢がノートの上に書かれた文字を愛《いと》おしそうになぞった。

水夏……水の夏……。

うちわでちとせを扇《あお》いでやると、くすぐったそうに小さな身体が揺れた。

「よし、今からボクの名前は水夏だ！」

「わーい」

ちとせがパチパチと拍手をする。

「はぁ……」

宏はため息をつきながら、窓辺に寄りかかった。

「ま、涼しそうだからな」
穏やかな日だった。平和ってやつは暇でもあるのだろう。
(この夏休みが終われば、また色々と忙しくなるが、それまではゆっくり休もう……)
……風が吹き始めた。
窓から見渡す限りの稲穂が、さざ波のように波紋を広げる。
かすかに海の香りが混じる風が風鈴を揺らした。

リリン――。
リリン――。

END

あとがき

こんにちはっ、雑賀匡です。

今回はサーカス様の「水夏」をお送りいたします。

ゲームをされた方は当然ご存じでしょうが、この「水夏」は本来四つの章から成り立つお話しです。

ページ数の都合から最終章である第四章を中心にすることになりましたが、他の三つの物語もとても良いストーリーなので、書けなかったのが非常に残念でした。

興味のある方は、是非ゲームの方をプレイしてみてください。

私はこのゲームのオープニングに使われている曲が大好きで、執筆中は滅多に音楽を鳴らさないのに、ずっとBGMにしていました(笑)。

では、最後にK田編集長とパラダイムの皆様、お世話になりました。

そして、この本を手に取ってくださった方にお礼を申し上げます。またお会いできる日を楽しみにしております。

雑賀　匡

水夏 ～SUIKA～

2001年11月20日　初版第１刷発行
2004年２月20日　　　　第４刷発行

著　者　雑賀 匡
原　作　サーカス
原　画　七尾 奈留・いくたたかのん

発行人　久保田 裕
発行所　株式会社パラダイム
〒166-0011 東京都杉並区梅里2-40-19
ワールドビル202
TEL03-5306-6921 FAX03-5306-6923

装　丁　林 雅之
印　刷　図書印刷株式会社

〈パラダイムノベルス新刊予定〉

☆話題の作品がぞくぞく登場！

211.クリスマス★プレゼント

アイル【チーム・Riva】 原作
布施はるか　著

　空から降ってきたサンタ見習い娘の処女を、強引に奪った祐二。だが衝突のショックで、サンタの証である紋章が祐二に移ってしまう。それを返す条件として、クリスマスまで祐二の奴隷になれと命令するが…。

218.D.C.～ダ・カーポ～ 水越萌・眞子編

サーカス　原作
雑賀匡　著

　純一は水越萌から妹の眞子と付き合っているのかと訊ねられる。だが実際は恋人のフリをしてくれと頼まれただけだった。水越姉妹の意味深な態度に、つい二人を意識する純一だが…。